葉輝 著

貓眼與牛眼

目次

卷一

卷二

卷一

貓眼和牛眼

汪曾祺有一篇小說，叫做〈鑑賞家〉，一開始就說：「全縣第一個大畫家是季陶民，第一個鑑賞家是葉三。」季陶民喜歡一邊繪畫，一邊喝酒，喝酒不就菜，就水果。葉三則是一個專給大宅門送果子的販夫，不大懂畫道書法，只從心裏喜歡，懂多少就說多少。他是這樣鑑賞畫作的——

季陶民畫完了畫，釘在壁上，自己負手遠看，有時會問葉三：「好不好？」「好！」「好在那裏呢？」葉三大都能話說出當中的好處。有一次，季陶民畫了一幅紫藤，葉三看了便說：「紫藤裏有風。」「唔，你怎麼知道？」「花是亂的。」「好極了！」季陶民提筆題了兩句詞：「深院悄無人，風拂紫藤花亂。」

又有一次，季陶民畫了一幅荷，好些蓮蓬。畫完了，問葉三：「如何？」葉三說：「四太爺，你這畫不對。」「不對？」「紅花蓮子白花藕。你畫的是白荷花，蓮蓬卻這樣大，蓮子飽，墨色也深，這是紅荷花的蓮子。」「是嗎？我頭一回聽見！」季陶民於是展開了一張八尺生宣，畫了一張紅蓮花，題了一首詩：「紅花蓮子白花藕，果販葉三是我師。慚愧畫家少見識，為君破例著胭脂。」

這兩段賞畫的情節，寫得真有意思，也很有傳統筆記的味道。沈括《夢溪筆談》是汪曾祺愛讀的，裏面有一個「正午牡丹」的故事——

藏書畫者多取空名，偶傳為鍾、王、顧、陸之筆（按：即鍾繇、王羲之、顧愷之、陸探微），見者爭售。此所謂「耳鑑」。又有觀畫而以手摸之，相傳以謂色不隱指者為佳畫。此又在耳鑑之下，謂之「揣骨聽聲」。歐陽公嘗得一古畫牡丹叢，其下有一貓。未知其精粗。丞相正肅吳公育歐公姻家，一見，曰：「此正午牡丹也。何以明之？其花披哆而色燥，此日中時花也。貓眼黑睛如線，此正午貓也。有帶露花，則房斂而色澤。貓眼早暮則睛圓，日漸中狹長，正午則如一線耳。」此亦善求古人筆意也。

從「花披哆而色燥」而知「日中時花」，這倒不奇；然則從「貓眼黑睛如線」，斷定那是「正午牡丹」，皆因「通識」，原來貓眼在早上與黃昏都是圓的，到了中午，便呈狹長——憑貓眼鑑畫，可稱之為「目鑑」。

有些人用耳朵鑑畫，聞說是名家手筆，便爭相搶購，沈括譏之為「耳鑑」。如此說來，「目鑑」似比「耳鑑」高明。

有些人用手摸畫，以為可以用手指摸得出畫的好壞，沈括稱之為「揣骨聽聲」——猶如不相人面，而摸其骨格，聽其語聲，以判貴賤。

畫家季陶民對那些道聽塗說的假名士，也感到討厭。季陶民死後，有人知道葉三手上有很多季陶民的畫，要求葉三出售，可是葉三說：「不賣。」也有一個日本人專程探訪葉三，要看他收藏的季陶民的畫，日本人「要了清水洗了手，焚了一柱香，還先對畫軸拜了三拜，然後才展開」，一邊看一邊不停讚嘆：「喔！喔！真好！真是神品！」煞有介事，慕名瞎吹一番，始終說不出好在那裏。

吳公和葉三看畫，各自看出道理，都是從畫中的形態看出筆意，花的色澤、貓的眼睛、紫藤裏的風、蓮花的結構，都是從生活中觀察出來的，相對「耳鑑」和「揣骨聽聲」，正是用眼睛和生活體驗對畫作鑑賞。

《清波雜志》有一個類似的鑑畫故事，也是從現實生活的觀察著眼：

> 米元章酷嗜書畫，嘗從人借古畫自臨，並以真贋本歸之，俾其自擇而莫辨也。在漣水時，客鬻戴嵩《牛圖》，元章借留數日，以摹本易之而不能辨。後客持圖乞還真本，元章怪而問之，曰：「爾何以別之？」客曰：「牛目有童子影，此則無也。」

摹本縱然幾可亂真，卻漏了最重要的一筆，沒有摹上牛目中的童子影，大概是只知摹描色彩形態，卻沒有通盤的細緻觀察吧。

〈鑑賞家〉裏的賞畫情節，和傳統筆記的類近敘述方法，似乎是一脈相承的。另一方面，對藝術家的看法和想法，汪曾祺大概也頗受傳統筆記的影響——他重視觀察的發現，而且他的小說裏也常有「貓眼」和「牛眼」，不太顯露地寄託了他的情思，表面看來平淡，卻包含了他對人對事的看法。

他說他追求的是和諧，那份和諧大概來自像葉三那樣誠實而執著的性格。

肉食者不鄙

一

汪曾祺在四十年代寫過一個短篇，叫做〈老魯〉，當中有一段老魯「發明」了一種食物——蠶豆蟲，那是一種甲蟲，「形狀略似金龜子，略長微扁，有一粒蠶豆大，村裏人即叫它為蠶豆蟲或豆殼蟲。這東西自首夏至秋初自土裏鑽出來，黃昏時候，漫天飛，地下留下一個小圓洞。」按理這樣子的昆蟲是很討人厭的，正如汪曾祺說：「我們在一旁看著，對這種沒有見過的甲蟲能否佐餐下酒，表示懷疑。」然而，老魯把蟲兒掐了頭，撕去甲翅，「熱鍋裏下一點油，煸煠一下，三顛出鍋，上盤之後，灑上重重的花椒鹽，這就是菜。」

大家見老魯吃得滋味，就大著膽子，當真嘗了兩個，閉眼睛吃了下去，吃起來，竟然覺得那些小蟲，味道「有點像蝦」。

阿城的《棋王》有一段吃蛇的情節，一班知青把兩條蛇蒸熟，用醬油膏和草酸水沖好水，連蔥末、薑末和蒜末投進去，小說中的「我」還說：「蛇肉碰不得鐵，碰鐵就腥，所以不切，用筷子撕著醮料吃。」眾人吃蛇的時候，「紛紛嚷鮮」，「我」問王一生：「是不是有些像蟹肉」。他們吃完蛇肉，「又把蒸熟的茄塊兒端上來，放少許蒜和鹽拌了。再將鍋裏熱水倒掉，續上新水，把蛇骨放進去熬湯」，「我」還拔了幾棵屋外的野茴香，揪在湯裏，大家喝了，都說：「今天吃的，都是山珍，海味是吃不到了，我家裏常吃海味……」

吃蟲兒覺得味道有點像蝦，吃蛇肉想到有些像蟹肉，而且吃得十分講究，讀到這些吃的情節，就覺得胃液湧到喉頭了。蘇東坡貶惠州，也寫過一則與吃有關的筆記——

惠州市寥落，然每日殺一羊。不敢與在官者爭買，時囑屠者買其脊骨，間亦有微肉。熟者熟漉，若不熟則泡水不除。隨意用酒，薄點鹽，炙微焦食之。終日摘剔，得微肉於牙齒間，如食蟹螯。率三五日一食，甚覺其補。

這個啃脊骨，得微肉而如食蟹螯的故事，見於《仇池筆記》，跟汪曾祺、阿城筆下的「吃」，都是在久不知肉味的情況下，把肉食寫得快樂而虔誠。

二

在《仇池筆記》中，蘇東坡還寫了這樣的一個關於吃的故事——

今年東坡大麥二十餘石，賣之價甚賤，而粳米適盡，故日夜課奴婢舂以為飯，嚼之嘖嘖有聲，小兒女相調，云是嚼虱子。然日中腹饑，用漿水淘之，自然甘酸浮滑，有西北村落氣味。今日復令庖人雜小豆作飯，尤有味，老妻大笑：「此新樣二紅飯也。」

東坡大概是一個愛吃的人；在《東坡志林》、《仇池筆記》中，不乏吃的故事，除了上引的「二紅飯」，還有「盤游飯」——

江南人好作盤飯，鮓脯膾炙無不有，埋在飯中，里諺曰掘得窖子，羅浮頴老取凡飲食雜烹之，名谷董羹。詩人陸道士出一聯云：「投醪谷董羹鍋內，掘窖盤游飯碗中。」東坡大喜，乃為錄之，以付江秀才，收為異時一笑。

吳子野云：「此羹可以澆佛。」

《仇池筆記》還錄有一首〈煮豬頭頌〉：

淨洗鍋，淺著水，深壓柴頭莫教起。黃豕賤如土，富者不肯吃，貧者不解煮。有時自家打一碗，自飽自知君莫管。

二紅飯、盤游飯、羊脊骨微肉以至豬頭，東坡都同樣吃得津津有味，自得其樂，跟大陸當代小說裏所描畫的吃的態度，都是同樣虔誠而快樂的，民以食為天，吃不見得就是不能進入文學作品，肉食者可以不鄙，問題大概只在於寫吃的態度吧了。

所謂「肉食者鄙，未能遠謀」，「肉食者」當然不是這裏所說的吃肉的人，只是指有權勢的貴族，這裏借用，所說的倒是民間的肉食者，身分不同，涵義大抵可以還原，謂之「不鄙」，誰曰不宜？

在古代封建社會，從食物可以看出人的身分，有所謂天子食太牢，諸侯食牛，卿食羊，大夫食豚，士食魚炙，庶人食菜。那一套吃的階級禮制後來就漸漸隨著社會變革而瓦解了，然而在蘇東坡的筆記裏，我們依然可以發現，被貶的官吏和庶人，吃一頓肉實在很不容易，比如這一則——

有二措大，相與言志。一云：「我平生不足，惟飯與睡耳。他日得志，當飽飯了便睡，睡了又吃飯。」二云：「我則異於是。當吃了又睡，何暇復睡耶？」吾來廬山，聞馬道士善睡，於睡中符炒。然吾觀之，終不如彼措大得吃飯三昧也。

措大言志，飽吃飯了便睡，睡了又吃，像有點誇張，然則在東坡眼中，實在是深得吃飯三昧。

三

古華的《芙蓉鎮》有一段說到「精神會餐」：

同志哥，你還記得或是可曾曉得甚麼是「精神會餐」嗎？那是一九六〇、六一年鄉下吃公共食堂時的土特產。那年月五嶺山區仍社員們幾個月不見油糧，一年難打一次牙祭，食物中植物纖維過剩，脂肪蛋白奇缺，瓜菜葉子越吃心裏越慌……他們白天還好過，到了晚上睡不著，於是，人倒的智慧就來填補物質的空白。人們就來互相回憶，講述自己那年、那月、何處、何家吃過的一頓最為豐盛的酒席，整鷄整魚、肥冬冬的團子肉，皮皺皺的肘子、夾得筷子都要彎下去的四兩一塊的扣肉、粉苿蒸肉、回鍋肉等等……

如此說來，古華筆下的「精神會餐」在「食物中植物纖維過剩，脂肪蛋白奇缺，瓜子葉子越吃心裏越慌」的那個年代，人們憶述大魚大肉的日子，說「山裏人最喜歡的還是落雪天吃肥狗肉。正是一家燉狗肉，四鄰聞香氣。吃得滿嘴油光，肚皮鼓脹，渾身燥熱，打出個飽嗝來都是油膩膩的」，對肉食因匱乏而生的想望，可真是躍然紙上了。

在餓戰殍載道的年代裏，正如古華說：「精神會餐」不過是末流細節，算得了甚麼？真的算不了甚麼！只是措大言志的現代版本而已，約略誇張的描述，當中恐怕包含了好一些微言大義。莊子到齊國遇饑民，也是在「吾已七日不食矣」的情況下，切身體驗饑饉的意義。像晉惠帝問饑民「何不食肉糜」，對措大言志，精神會餐，恐怕連所謂末深細節，也沾不著邊了。

衣食是本，阿城說「自有人類，就是每日在忙這個」，肉食者又何鄙之有呢？「可囿在其中，終於還不太像人。」

搓麵粉：語言和胸襟

一

喜歡汪曾祺的小說，也喜歡他的隨筆。近日收拾書架，翻出《晚翠文談》，裏面的文章也不知讀了多少遍了，一篇一篇慢慢的重讀，倒也讀得極有趣味——對了，好文章都經得起時間考驗，這些年來教創作班，也常用此書的文章做教材。

《晚翠文談》常常提到魯迅、廢名、沈從文，汪曾祺以幾位前輩的作品為範例，既找出他們與傳統的關係，也嘗試分析他們如何吸納現代的精神；他談阿城的《棋王》，給何立偉的《小城無故事》作序，字裏行間，還是流露出對語言的關心和欣賞。他認為阿城「大概受過海明威的影響，還有陀思妥也夫斯基。中國的，他受魯迅的影響是很明顯的。他似乎還受過廢名的影響。」給何立偉寫序，大半篇在談廢名，說「何立偉的語言是有特色的。他寫直覺，沒有經過理智篩濾的，或者超越理智的直覺，故多奇句。這一點和日本的新感覺派相似，和廢名也很相似。」他在〈談風格〉一文中，也談了一大段廢名，然後說：「我跟廢名不一樣（我們的世界觀首先不同）。但是我們確受過他的影響，現在還能看得出來。」

他認為「語言不只是技巧，不只是形式。小說的語言不是純粹外部的東西。語言和內容是同時存在的，不可剝離的」，在他看來，語言是作者人格的一部分。

二

談到「現代派」，他說「最新的現代派我不了解。我知道一點的是老一代的現代派。我曾經很愛讀弗．吳爾芙和阿左林的作品（通過翻譯）……意識流是可以表現社會主義內容的」，他的語言有些來自傳統，有些來自現代，並且相信現實主義「是可以、應該、甚至是必須吸收一點現代派的手法的，為了使現實主義返老還童」。這種運用語言的方法，他稱之為「揉麵」，揉麵，用廣東話來說，就是「搓麵粉」：「使用語言，譬如揉麵，麵要揉到了，才軟熟，筋道，有勁兒。水和麵粉本來是兩不相干的，多揉揉，水和麵的分子就發生了變化。寫作也是這樣，下筆之前，要把語言在手裏反覆搏弄。」。

他認為語言並不是「想」出來的，而是留神觀察、細心傾聽的結果。詩歌如「人在冰水在冰下流……」兒歌如「山上有個洞，／洞裏有個碗，／碗裏有塊肉，／你吃了，我嘗了／

我的故事講完了！」劇曲如「春天彈動半天霞」，民歌如「斧頭砍過的再生樹，／戰爭留下的孤兒。」對他都有啟發，他總愛用耳目去感受語言之美。他提到老舍的一個故事：

有一次我和他一同開會，有一位同志作了一個冗長而空洞的發言，老舍先生似聽不聽，他在一張紙上把幾個人的姓名連住在一起，編了一副對聯：伏園焦菊隱／老舍黃藥眠。

這不僅僅是文字遊戲，而是從語言中得到快樂，時刻都嘗試把語言反覆揉弄，就像「搓麵粉」一樣，將水和麵粉搓出了「筋道」和「勁兒」，搓出了彈性和感覺。

三

《晚翠文談》的「晚」字，跟《晚飯花集》的「晚」字，好像都有一點「遲來」的意思，但汪曾祺在《自序》中說：「我偶爾愛用『晚』字，並沒有一點悲怨，倒是很欣慰的。我趕上了好時候。」他說數十年來，「我和文學保持一個若即若離的關係，有些甚至完全隔絕，這也有好處。我可以比較貼近地觀察生活，又從一個較遠的距離外思索生活。」他願意接受新觀念、新思想，願意和年輕人對話，因為要「難老」，「只有向青年學習」。我們在他字裏行間，常見「老夫聊發少年狂」的天真，據他自己說，那是沾了他「來晚了」的光。

這樣說來，老與不老，晚與未晚，可不是以年歲計算的。我們也見過好一些三十出頭便老氣橫秋、四十左右便擺出宿儒模樣的「小老頭」，總是想：他們也許應讀一點汪曾祺。

汪曾祺愛寫舊事，可寫出了新感受，寫得悠閒精細，含藏不露。他的語言活潑而傳神，那是語言功力。人家都說寫東西要有主題，主題要明確，他偏偏說「小說不宜點題」，「話到嘴邊留半句」，懂得遠近之道，不把意思說得太死。

他是沈從文的學生，覺得「沈先生不會講話，加上一口湘西鳳凰腔，很不好懂。他沒有說出甚麼大道理，只是講了些很普通的經驗」，沈先生翻來覆去說要「貼到人物來寫」，「緊緊地貼到人物來寫」。

在〈小說創作隨談〉一文，汪曾祺說「小說裏，人物是主要的，或者是主導的，其他各個部分是次要的，是派生的」，他很欣賞沈從文對農民、士兵、手工業者懷著「不可言說的溫愛」，覺得「溫暖」比「熱愛」好，表明與人物稍微有點距離。貼近人物又稍微有點距離，未必就是矛盾，因為貼近並不等於「寸步不離」，用比較跳躍的手法，正是在貼近中設法致遠。

四

汪曾祺的文談總是在一個明確的基礎上，去尋找還不太明確、甚或有點模糊的東西。根據他自己的說法，這就是開拓。他的文談並不是滔滔雄辯的演說。他談文體、語言、主題、風格、美感、結構……等等，都好像跟熟人聊天一樣，時而流水行雲，時而即興抒發，沒有既定的套路，也不一定有嚴謹的章法。

他的文論叫做文談，「談」比「論」好像要親切些、隨和些；「談」也許沒有「論」那麼理直氣壯和肯定明確，卻有一個推己及人的親和感，可以商量斟酌，讓事物在明確的基礎上發展，逐步摸索內裏比較模糊的細節。

喜歡汪曾祺的「談」，並不意味反對其他人的「論」，只是覺得，條理分明、全盤宏觀、通明緊湊的論說有時不免兼顧不了某些細節，也合該有一些像《晚翠文談》那樣由個人的感悟出發，尋找與公眾溝通、嘗試反覆推敲的談話，與大論述互相對照、互相補充。

汪曾祺談到自己，會這樣說：

> 我對自己也不大了解。我究竟算是哪一『檔』的作家？甚麼樣的人在讀我的作品？這些全都心中無數。我一直還在摸索著，有一點孤獨，有時又頗為自得其樂地摸索著。

這段話引自〈我是一個中國人——散步隨想〉，這題目也很有趣，主題是「我是一個中國人」，明確而肯定，副題是「散步隨想」，又有點隨意遐思的味道了；主題和副題連在一起，就是在明確而肯定的基礎上細加推敲和摸索。他不同意人家說他的作品是「無主題小說」，認為「風箏沒有腦線，是放不上去的。作品沒有主題，是飛不起來的」，「任何高超縹緲的思想都是有跡可求的」，只是「不要把主題講得太死、太實、太窄」；他是「中國人」，他總是在中國傳統思想和文化吸取養分，又在民族傳統的基礎上接受外來的影響，在現實主義的基礎上吸取現代派的表現手法。

五

汪曾祺從不遮掩自己的主張，他會說：「文學是反映生活的，所以作者必須有深厚的生活基礎。」「作品的主題，作者的思想在一個作品裏必須具體化為對於所寫的人物的態度、感情。」「語言的唯一標準，是準確。」「小說不宜點題。」這些話裏，用上了「必須」、「唯一」、「不宜」等字眼，表明了他對文學也有某些堅定的主張。

但他在某些主張的基礎上，提出了比較寬容而具辯證意義的想法，不會劃地為牢。他會說：「一個作者必須有思想，有自己的思想。我們要學習馬克思主義、毛澤東思想。但是不能用馬克思主義或毛澤東的話，或某一項的政策條文，代替自己的思想。」他會說：「看來凡屬描寫，無論寫景寫人，都不宜用成語。」跟著又說：「至於敘述語言，則不妨適當地使用一點成語。」

他提出了一些原則，但不會把原則說得太死太硬，有斟酌商量的餘地，有話分兩頭、多方辯證的推敲。但他並不是求安全自保，並不是要面面俱圓。他有所主張，可在提出主張之後又願意反覆與人討論，態度寬容而誠懇。討論問題的時候，很多人總以自己的見解和信仰為唯一標準，他們也有主張，但缺少互相通融參照的想法。

是這樣的，榮格（Carl Jung）討論文學與心理學的關係，就認為分析心理學如果要公正地對待藝術作品，首先要完全擺脫醫學的偏見，明白藝術並非疾病，那是說，他不以為心理學是唯一的研究藝術的方法；霍爾丁（John B. S. Haldane）以生物學的觀點論述人類的演化，就提出除非認為生物學觀點並非唯一的觀點，否則他的工作不可能正確無誤。

汪曾祺從感性出發，但他的文談也力圖擺脫偏見，不欲以單一觀點看世界，只有以此一胸襟看世界，才不會見樹不見林。

《異鄉記》的民俗與荒涼

「張愛玲熱」不斷重溫，差不多熱到「不讀張，無以言」的程度了，她的「佚文」（或「集外文」）不斷「出土」，新近兩宗，都與她的男人有關，其一是《異鄉記》這本只有三萬多字的文集，據說此書乃記錄她一九四六年下鄉尋找胡蘭成的一段心路歷程；其二是她一九五〇年在《亦報》發表的一篇短文，題為〈年畫風格的「太平春」〉，談的是桑弧的電影《太平春》；當中就涉及她與兩個男人的故事，在網絡上熱炒得一塌糊塗。

《異鄉記》至少弄清了一些事實，這本未完成的「小說化遊記」有些片段對「張迷」似曾相識，皆因早已「移花接木」，變成〈華麗緣〉、《秧歌》乃至《小團圓》的內容了，而張愛玲在四、五十年代至少有兩次「下鄉」經歷，一次是一九四六年，即《異鄉記》的「尋夫」歷程；另一次是一九五〇年七八月間，在夏衍的安排下，隨上海文藝代表團到蘇北農村參與「土地改革」——這些史料至少證實了張愛玲所言非虛：「《秧歌》裏面的人物雖然都是虛構的，事情卻都是有根據的」。柯靈在〈遙寄張愛玲〉嘗言：「事實不容假借，想像也須有依託，張愛玲一九五三年就飄然遠引，平生足跡未履農村，筆桿子不是魔杖，怎麼能憑空變出東西來？」這番似嫌武斷之言一直教一些「張迷」耿耿於懷。

《異鄉記》記述了下鄉的客旅見聞，比如「中國人的旅行永遠屬於野餐性質，一路吃過去，到一站有一站的特產，蘭花豆腐乾、醬麻雀、粽子。饒這樣，近門口立著的一對男女還在那裏幽幽地，回味無窮地談到吃」；又比如沿途所見的民俗風景、飲食風情、殺豬、婚嫁、算命瞎子的彈唱等等，都成了張愛玲往後寫作的素材。

《異鄉記》也記下了敘事者「我」（或同行者閔先生所說的「沈太太」）的「荒涼」心境，比如這一段淒酸心事：

> 樓上靜極了，可以聽見樓下碗盞叮噹，吃了飯便嘩啦啦洗牌，又起麻將來。我在床上聽著，就像是小時候家裏請客叉麻將的聲音。小時候難得有時因為病了或是鬧脾氣了，不吃晚飯就睡覺，總覺得非常委曲。我這時候躺在床上，也並沒有思前想後，就自悽悽惶惶的。我知道我再哭也不會有人聽見的，所以放聲大哭了，可是一面哭一面豎著耳朵聽著可有人上樓來，我隨時可以停止的。我把嘴合在枕頭上，問著：「拉尼，你就在不遠麼？我是不是離你近了些呢，拉尼？」

據張愛玲的「遺產執行人」宋以朗所言，「拉尼」也者，就是她此次下鄉尋找的胡蘭成。

至於〈年畫風格的「太平春」〉這篇短文，也勾起了張愛玲與桑弧的一段情緣，她寫道：

我看到《大眾電影》上桑弧寫的一篇〈關於太平春〉，裏面有這樣兩句：『我因為受了老解放區某一些優秀的年畫的影響，企圖在風格上造成一種又拙厚而又鮮艷的統一。』《太平春》確實使人聯想到年畫，那種大紅大綠的畫面，與健旺的氣息。我們中國的國畫久已和現實脫節了……現在的年畫終於打出一條路來了。年畫的風格初次反映到電影上，也是一個劃時代的作品。

其實也不免是捧場文章，查桑弧也曾署名「叔紅」，在《亦報》連載《十八春》的前一日，發表了一篇短文，題為〈推薦梁京的小說〉，說來也真有點「鴛鴦蝴蝶」呢。

張愛玲當然愛看電影，她在《秧歌》的「跋」也提到一部叫做《遙遠的鄉村》的電影，她說：

> 在這本書裏我還提到一個電影劇本，劇情完全根據一張中共的影片——《遙遠的鄉村》。是甚麼人編導已經記不得了，內容我卻記得非常清楚，因為覺得滑稽……

有點語焉不詳，她大概不知道，《遙遠的鄉村》的導演也很有來頭，此人叫吳永剛，乃三十年代名片《神女》的導演。

張愛玲的食事比興

一

張愛玲小說（以及小說化的散文如《異鄉記》）裏的食事，幾乎都是比興；賦的，一篇晚期的〈談吃與畫餅充飢〉就夠了，洋洋萬言，寫盡大半生的飢與饞，那簡直就是在垂涎裏滲出荒涼的「哀的美敦書」。

看她「畫餅充飢」，就像聽她姑姑說，「從前相府老太太看《儒林外史》，就看個吃。」也真是的，《儒林外史》的吃大清淡了，比如「救了匡超人一命的一碗綠豆湯」：

每桌飯的菜單都很平實，是近代江南華中最常見的菜，當然對胃口，不像《金瓶梅》裏潘金蓮能用「一根柴禾就燉得稀爛」的豬頭，時代上相隔不遠，而有原始的恐怖感。

可她的故事每有不安於室的野餐——《異鄉記》說，「中國人的旅行永遠屬於野餐性質，一路吃過去，到一站有一站的特產，蘭花豆腐乾、醬麻雀、粽子……」都是蕩游於比興——「饒這樣，近門口立著的一對男女還在那裏幽幽地，回味無窮地談到吃」，那就一如胡蘭成那難畫的桃花（因要畫得它靜），與乎「苦瓜的清正」。

就是在貨輪上也吃得不亦樂乎，她在二等艙遇上一名上海裁縫，他陰惻惻的，忽然笑說：「我總是等這隻船。」皆因二等艙跟船員一桌，「一日三餐都是闊米粉麵條炒青菜肉片，比普通炒麵乾爽，不油膩。菜與肉雖少，都很新鮮。二等的廚子顯然不會做第二樣菜，十天的航程裏連吃了十天，也吃不厭」。

那是開懷的賦歸，要是在回家途中忽遇封鎖的電車上，就連包子也印了報紙上的鉛字，字都是反的，像鏡子裏反照出來的顛倒人生，諸如「訃告……申請……華股動態……」那包子於是也成了比興。

《小團圓》的食事也照例別有懷抱，那蔥油餅，那沾了一身蒜味的大衣，那百葉包碎肉，那綹子炒蛋乃至那經蒸癟了，味道像橡皮的蛋白，都像《心經》的荷葉粉蒸肉、《沉香屑・第二爐香》的冷牛肝和罐頭蘆筍湯、〈留情〉的砂鍋和魚凍子、〈相見歡〉的紅燒肉白煮雞蛋……照例比興得天花亂墜。

《小團圓》的食事比興得最驚心，最血脈沸騰，可又不免最荒涼的，想必是這一段了：

> 食色一樣，九莉對於性也總是若無其事，每次都彷彿很意外，不好意思預先有甚麼準

備，因此除了脫下的一條三角袴，從來手邊甚麼也沒有。次日自己洗袴子，聞見一股米湯的氣味，想起她小時候病中吃的米湯。

那米湯的氣味有一種恍如隔世的虛脫，大約只有〈紅玫瑰與白玫瑰〉所說的「白煮捲心菜，空白的霧，餓，饞」，庶幾相近。

二

誰都知道張愛玲很饞嘴，可也吃得很挑剔，她晚年索性寫了一篇洋洋萬言的〈吃與畫餅充飢〉，彷彿一口氣回顧大半生的食事——從上海吃到香港，從船上吃到路上，也有「吃」的想像之旅，從美國吃到西歐、東歐乃至阿拉伯，從葷到素，或鹹或甜，或酸或辣，這樣的食事志，一生寫那麼一篇就夠了，恰若吃喝浮生〈燼餘錄〉。

都不免是浮生不斷記的一章，就叫〈燼餘錄〉吧：

離開大陸前，因為想寫的一篇小說裏有西湖……就加入了中國旅行社辦的觀光團，由旅行社代辦路條，免得自己去申請。在杭州導遊安排大家到樓外樓去吃螃蟹麵。……吃掉澆頭，把湯逼乾了就放下筷子，自己也覺得在大陸的情形下還這樣暴殄天物，有點造孽……

她說倒是在香港重新發現了「吃」的喜悅：

> 在戰後的香港，街上每隔五步十步便蹲著個衣冠濟楚的洋行職員模樣的人，在小風爐上炸一種鐵硬的小黃餅……漸漸有試驗性質的甜麵包，三角餅，形跡可疑的椰子蛋糕。所有的學校教員，店伙，律師幫辦，全都改行做了餅師。

那不光光是荒涼的「孽」，簡直就是活著的「劫」：

> 我們立在攤頭上吃滾油煎的蘿蔔餅，尺來遠腳底下就躺著窮人的青紫的屍首……因為沒有汽油，汽車行全改了吃食店，沒有一家綢緞鋪或藥房不兼賣糕餅。香港從來沒有這樣饞嘴過。宿舍裏的男女學生整天談講的無非是吃。

就像《花雕》裏的鄭先生，「是個遺少，因為不承認民國，自從民國紀元起他就沒長過歲數。雖然也知道醇酒婦人和鴉片，心還是孩子的心。他是酒精缸裏泡著的孩屍」，他的女兒川嫦見了章雲藩，覺得「他說話也不夠爽利的，一個字一個字謹慎地吐出來，像隆重的宴會裏吃洋棗，把核子徐徐吐在小銀匙裏，然後偷偷傾在盤子的一邊，一個不小心，核子從嘴裏直接滑到盤子裏，叮當一聲，就失儀了」，鄭先生將鄭夫人的一枚戒指押掉了，做了酒席，章雲藩也來了，有魚翅、神仙鴨子、炒蝦仁、蹄子……鄭夫人氣夠了便下樓吃飯，卻嫌菜油得厲害，叫趙媽去剁兩隻皮蛋來下酒；一頓過節吃團圓飯，便吃得很鬱悶，像餘燼那麼灰，那麼冷。

《小團圓》裏也有不少吃的片段，都像浮生不斷記的「過場」，比如九莉回上海那天，楚娣備下一桌飯菜，次日就有點不好意思的解釋：「我現在就吃蔥油餅，省事。」九莉便說「我喜歡吃蔥油餅，一天三頓倒也吃不厭，覺得像逃學」。

還有一隻捉來的鴿子，「一夜憂煎，像伍子胥過韶關，雖然沒有變成白鴿，一夜工夫瘦掉一半。次日見了以為換了隻鳥。老秦媽拿到後廊上殺了，文火燉湯，九莉吃著心下慘然，楚娣也不作聲。不擱茴香之類的香料，有點腥氣」，這些食事只是「過場」的比興，沾滿餘燼的怨曲。

新舊世界的連環對照

——被刪節的〈小艾〉

一

張愛玲離開大陸前在上海發表的最後一部作品——全文長五萬餘字的中篇小說〈小艾〉，最近分別在港台兩地刊出，香港《明報月刊》以三十二頁篇幅一期刊完，台灣《聯合報》副刊則分日連載——至執筆時刊出了三天，尚未刊完。

閣讀兩種刊本的同一個文本，感覺是不一樣的。那天午後一口氣看完《明報月刊》上的〈小艾〉，抬頭望出窗外，已是暮色四合了。小艾這個人物縈繞不散，她的故事如在眼前——從二十年代中到五十年代初的廿多年光景，都好像只是在一個下午發生的事。

《明報月刊》在〈小艾〉的原文之前，刊出了上海東師範大學中文系講師陳子善的〈張愛玲創作中篇小說《小艾》的背景〉一文，詳述張愛玲以筆名梁京在上海《亦報》發表〈十八春〉（即〈半生緣〉）後，引起很大的迴響，八個月後再發表〈小艾〉的經過，此文可讓讀者對小說的創作背景有一個粗略的印象。

《聯合報》在未刊出〈小艾〉前幾天，一連發了幾天「佳作預告」，每天引錄一、兩節小說原文，說那是讓人「驚喜的作家」的「驚喜的作品」，可沒有說明那是張愛玲的作品，採用一種略帶懸疑的手法，頗為刻意的製造「驚喜」、「驚奇」的效果，到小說刊出的時候，也沒有交代那是張愛玲的舊作——當然，對張愛玲稍有認識的讀者，都會知道那不可能是新作。

據陳子善的文章所述，「〈小艾〉是張愛玲構思多時，一氣呵成後才交給《亦報》付梓的……當然，為適應連載的需要，〈小艾〉每一段，情節上仍能相對完整」。在《明報月刊》上發表的〈小艾〉，共分七十二節，每節約七百餘字，只是第四十五節、第六十八節較短，而第四十六節、第六十九節較長，這大概是在《亦報》按日連載時的原來面貌，事實上，節與節之間的情節本來是連貫的，分開一節一節的，反而顯得零碎。

《聯合報》副刊雖然以連載方式刊出〈小艾〉，卻把節與節之間的數字刪掉，首天刊出逾萬字，往後兩天，每天刊出數千字，儘管不像《明報月刊》的刊本那樣一氣呵成，倒也減去了將小說分為七十二小節的零碎感。

面對同一個文本，由於「編輯蒙太奇」的介入和發刊形式的差異，讀者的閱讀過程——包括與文本互涉的有關資料、閱讀的連貫性、時間性等，都不免受到不同程度的左右。《明報月刊》保留了連載的形式而一期刊完，而《聯合報》取消了原有的連載形式，再以另一形式連載——兩者為〈小艾〉這個文本提供了不同的閱讀方法和略有出入的趣味焦點——我們因而相信，一個文本的兩個版本就如此這般再生了。

二

張愛玲一九四四年在上海發表的〈連環套〉、〈創世紀〉，還有一篇短文〈姑姑語錄〉，七十年代在加州給唐文標發掘出土，後來她收到〈連環套〉重排的清樣，覺得那篇未完的小說寫得壞，校對時「不由得一直齜牙咧咀做鬼臉，皺著眉咬著牙笑，從齒縫裏迸出一聲拖長的 Eeeeee……連牙齒都塞颼颼起來，這才嚐到『齒冷』的滋味。」張愛玲在四十年代特別多產，這些年來，她三十歲前後的少作陸續出土面世，她說這是多產的教訓。如果她重讀〈小艾〉，Eeeeee……就不知道要拖得有多長了。

張愛玲不見得是個善忘的人，談起自己的舊作也總是挺認真挺上心的。她談起〈我的天才夢〉，還記得那篇短文在三十多年得過西風雜誌徵文第十三名譽獎，並說「徵文限定字數，所以這篇文字極力壓縮，剛在這數目內，但是第一名長好幾倍……」她交代〈連環套〉的故事原型和背景，還記得珍珠港事變兩年前，和炎櫻到中環一家電影院看電影的情景細節，憶述麥唐納太太母女和一個帕西人的一些事跡。倒希望她在〈小艾〉出單行本時，也寫篇文章，像說明其他有如「古墓裏掘出來的東西」那樣，談談這篇小說的創作始末，尤其是關於末段對「新社會」的嚮往（還是妥協）？

〈小艾〉其實頗能見出張愛玲小說的敏感和關心，裏面有新與舊、內與外、行將逝去和漸次成形的兩個世界的對照。前半截是別人眼中的小艾，或者說，是生活在破舊的、外沿的、行將逝去的世界裏的人，把他們的私念加諸在小艾身上，後半截才是新生的、內心的、人格漸次成了形的小艾的成長過程。

張愛玲在〈我的天才夢〉說自己對於色彩、音符、字眼極為敏感，寫文章愛用色彩濃厚、音韻鏗鏘的字眼，她發現自己不會削蘋果，經過艱苦的努力才學會補襪子，她說「生活的藝術，有一部分我不是不能領略」，除了看「七月巧雲」，欣賞雨夜的霓虹燈，從雙層公共汽車上伸手摘樹巔的綠葉，她還用心去聽街外的聲音……

她在〈桂花蒸——阿小悲秋〉寫道：「街下有人慢悠悠叫賣食物，四個字一句，不知道賣點甚麼，只聽得出極長極長的憂傷。一群酒醉的男女唱著外國歌……沉沉的夜的重壓下，他們的歌是一種頂撞、輕薄、薄弱的，一下子就沒有了。小販的歌，卻唱徹了一條街，一世界的煩憂都挑在仔擔子上。」

小艾是一個沒有姓名，連身世也幾乎忘掉的孤女。張發玲透過阿小的視界，看兩個不同層面的並時世界，在小艾身上，兩個不同層面的世界卻是歷時的，起初是舊世界看她，後來卻是她看新世界了，只是新世界畢竟匆匆一瞥，還來不及看得仔細。

三

〈小艾〉是這樣開始的：「下午陽光照到一座紅磚老式洋樓上。一隻黃蜂被太陽照成金黃色，在那黑洞洞的窗前飛過。一切寂靜無聲。」這樣色彩光影對比強烈的描寫，在張愛玲作品裏不乏先例，比如在〈中國的日夜裏〉也出現過類近描寫：「……冬日的陽光雖然微弱，正當午時，而且我路走得多！曬得久了，日光像個黃蜂在頭上嗡嗡轉……」

論者都說張愛玲小說裏充滿鏡子意象，慘淡的月光照見內心的蒼涼脆薄，冰冷的鏡照見老房子裏洞洞的陰沉，倒映鏡中人扭曲的心思。其實，不單月光，還有陽光，不單鏡子，還有水缸，還有幾粒鉛字，都是對照和倒映身邊世界的意象，裏面寄寓了張愛玲對內外新舊世界的敏感和關心。

小艾這名字，是席五太太給一個沒有姓名的孤女起的，後來她認識了排字工人馮金槐，他問她姓甚麼，她不願意「把自己說得那麼可憐，連姓甚麼都不知道」，猶豫了一會，只隨口說了聲「姓王」。金槐給小艾起了個名字，叫「王玉珍」，及至小艾把過去受苦的情形都向金槐訴說了，把金槐當作她整個的世界，金槐有一天拿了三隻六號鉛字給她，除了「玉珍」兩個字，還有一個「馮」字。這三隻鉛字，一方面是兩人的定情信物，另一方面，是小艾離開舊有的身分，走向新的身分的物證。

小艾與金槐結婚後，把鉛字包了個小紙包，放在一個牙粉盒裏，盒面上印著一隻五彩的大蝴蝶。金槐去了香港，小艾找了個測字先生，給金槐寫了一封信，想到信不是自己寫的，總隔了一層，忽然想起「馮玉珍」三顆鉛字，可以當作圖章，蓋一個在信尾，可是裝鉛字的牙粉盒子給大伯的女兒玩失了（家裏的一面腰圓鏡子也砸破了，用一根紅絨繩縛起來，鏡面上橫切著一道裂痕）。

金槐在戰亂中，跟小艾失去了聯絡，小艾撐著丈夫交下的家，甚至出來跑單幫，「在外面混了幾年，也磨練出來了，誰也不要想佔她的便宜」，她可不必靠鉛字來證明自己的身分了。

在〈封鎖〉裏，有一段也寫到鉛字。呂宗楨在電車上吃包子，包子用報紙包，「他謹慎地把報紙撕了下來，包子上印了鉛字，字都是反的，像鏡子裏映出來的，然而他有這耐心，低下頭去逐個字誌了出來：『訃告……申請……華股動態……隆重登場侯教……』都是得用的字眼兒，不知道為甚麼轉載到包子上，就帶點開玩笑的性質。」

張愛玲的小說世界，很多時都像鉛字般，都是反的，像鏡子裏映出來的，有時走在把黃蜂照成金黃色，也變得像個黃蜂般嗡嗡轉的陽光底下，看街上熙熙攘攘的人群，看那黑洞洞的窗裏的陰暗；有時躲在老式洋房的陰暗光線裏，看水缸倒映的古典面容，又用心去聽街外的聲音……而小艾經歷的是正反交替，鏡裏鏡外新舊世界。

四

台灣《聯合報》副刊的〈小艾〉，終於在一月十八日刊完了。一如所料，聯副版本的〈小艾〉是經過刪節的。在〈小艾〉刊完當日，聯副發了一篇短文，署名「臺繼之」，題目是〈另一種傳說——關於〈小艾〉重新面世的背景及說明〉，交代〈小艾〉是張愛玲繼〈十八春〉之後，以「梁京」的筆名在上海《亦報》發表的，然後申明「不得不刪節」的理由——

（一）張愛玲在四十年代末上海文壇早負盛名，「若非自己認可之佳作，恐怕不會輕易以本名發表；要是為了某些難以抗拒的理由而發表，只好姑隱其名，以保護既有聲譽」，也是對『張愛玲』三字負責的表現。如此說來，張愛玲也許是甚喜『梁京』的作品」。

（二）「上海陷共後，張愛玲的處境當不太樂觀……文章不發表則已，要發表一定得表明立場，以掩護作品之意識形態，卻非內容所需，肯定言不由衷」。

（三）「《亦報》在刊完讀者反應極佳的〈十八春〉後，接著向張愛玲約稿，待張恨水的《人跡板橋霜》連載完推出，但《人跡板橋霜》登完，卻遲遲不見張愛玲新作見報；「這一年四月，大陸展開『肅反』，搞得人心惶惶，張愛玲顯然有所顧忌、遲疑，作品最後才弄了一些保護色。揣想她勉強發表作品，也許是生活有拮据。

倒是〈小艾〉一結束連載，她即不顧一切離滬赴港。她仍是沒有安全感（事後證明，她走對了）」。

基於上述三點，聯副編者乃敢代張愛玲為〈小艾〉作了些刪節，刪節多集中在結尾部分。在討論〈小艾〉的刪節版本之前，讓我們看看聯副編者刪去了那後落（我並無看過原刊於《亦報》的版本，只能以《明報月刊》的版本作準）。聯副的刪節版本分廿二日連載，刪節得較明顯的段落由第十八日起出現，以下是被刪的原文概略——

（一）「金槐這次回來……貪污腐敗，由上面領著頭投機囤積，哪裏有一點「抗戰建國」的氣象，根本沒在那裏抗戰。現在糊裏糊塗算是勝利了，倒又打起內戰來了……小艾只覺得他不像從前那樣喜歡講時事了。」（《明報月刊》版本第六十四節第一段）

（二）「那是蔣匪幫在上海的最後一個春天，五月裏就解放了。樓底下孫家上了國民黨的當……在解放後，孫家連吃了幾個月的鹹魚，吃得怨極了。

解放後，金槐非常熱心的學習，……她最切身感到的還是現在物價平穩，生活安定……把從前那種噩夢似的經歷也就淡忘了。」（《明報月刊》版本六十八節末段及六十九節首段）

（三）「……十月裏他們鄉下要土改了。（《明報月刊》版本第六十九節第四段）

（四）「……現在他們工會裏有福行會的組織，工人家屬可以免費治病，他們那印刷廠規模太小，自己沒有診所，包在一個醫院裏。」（《明報月刊》版本第七十一節

第一段）

（五）「金槐道：『……他們已經完了，現在是我們的世界了……』」（《明報月刊》版本第七十一節第四段）

（六）《明報月刊》版本第七十二節，即最後一節。這一節說小艾到了「為人民服務」的醫院，醫生替她施手術，治好了她的子宮炎。她出院後即到印刷廠摺紙，並且懷了孕，想著「現在甚麼事情都變得這樣快，將來他（胎兒）長大的時候，不知道是怎樣的一個幸福的世界，要是聽見她母親從前的悲慘的遭遇，簡直不大能想像了吧？」聯副版本刪去了整節，結尾變成金槐送小艾到醫院途中，對小艾說「不會讓你死的」，「他說話的聲音很低，可是好像從心裏叫喊出來。」

一口氣讀完《明報月刊》的〈小艾〉刊本的時候，我們固然覺得小艾對「新社會」的嚮往，來得比較匆促浮泛，甚至不排除當中有「妥協」成分，然而，讀完聯副的刪節版本，又覺得刪節可能是另一種「妥協」了。也許在刪節的技巧上還不失聰明，然而就小說結構而言，刪去小艾眼看新舊世界的對照部分，毋寧是一種整體上的破壞了。

小艾被席景藩污辱，懷了孕，又被憶妃踢掉了，這是小艾性格成長的開始。在此之前，是生活在舊世界的人把他們的私念加諸小艾身上：在此之後，小艾患了子宮炎，身上留有舊社會的病態痕跡，可她卻開始親眼看社會的轉變，從舊世界艱苦地走向新世界了。從懷孕而被踢掉，患了子宮炎而不能生育，則再次懷孕，在〈小艾〉這個文本裏，毋寧是非常重要的象徵，這個象徵與小艾身歷的時代及時化的轉變起著指臂相連，互相呼應的作用。

小艾第一次懷孕，是舊社會的人在她身上發洩的私慾，並且在當時的處境（及她的身分）而言，她懷的胎，導致席五太太和憶妃從妥協偏安的局面，爆發正面衝突，以至破裂。胎死腹中，則暗喻斯時小艾處身的世界，再沒有新生活的憧憬了。

小艾跟金槐結婚後，病倒了，家姑還猜測她有喜。其後她領養了個女孩，取名領弟，當她知道患的是子宮炎，不能生育，她其實只是生活在一個好像有了新生、卻依然腐敗的社會（抗戰糊里糊塗的算勝利了，倒又打起內戰來了）。解放後，她治好了病，第二次懷孕，悲慘的世界結束了，幸福的新世界像胎兒那樣正在孕育——小艾的世界就是如此裏應外合。

五

金槐送小艾到醫院去，小艾身上裹著一條棉被，那是一個「淡黃色的斜陽迎面照來」的秋日下午，金槐看看那條把小艾的頭也蒙著的舊棉被，已經用了許多年了，「但是他從沒有注意到上面的花紋，大紅花的被面，上面一朵朵細碎的綠心小白花，看著眼暈，看得人心裏亂亂的」。這一段寫的是舊棉被，可與棉被包裹著的小艾，何嘗不是相關或對照？舊棉被的命運豈不就是小艾命運的暗示？

舊棉被一直藏在陰暗的閣樓，不見天日，所以用了許多年，金槐都不曾注意被面的大紅花布和上面令人看著眼暈的綠心小白花，小艾的病蹉跎了許多年，金槐以為「她生病也是常事」，也不是不關心，只是天天如此，沒有特別注意。舊棉被在淡黃色的斜陽裏顯現在花紋和色彩，也許是對照，也許是相關，靠在金槐身上的，是舊棉被包裹著的小艾。

小艾第一次到醫院門診，看護寒著臉。小艾與病人「擠在一間空氣混濁的大房裏，等了好幾個鐘，小艾簡直撐不住了，一陣陣的眼前發黑，一面還在那裏默默背誦著她的病情，好像預備考試一樣，唯恐見到醫生的時候有甚麼話忘了說，錯過了那一刻千金的機會」，可醫生甚麼也沒說，「就開了張方子，叫她吃了這藥，三天後再來看。」小艾到醫院去累了一下病勢反而加重了幾分。

金槐從外地回到家後，又逼著小艾去找醫生看看，醫生檢查後說是子宮炎，應當開刀，開刀自然需要一大筆錢，「兩人聽了，都像轟雷擊頂一樣。還想多問兩句，看護已經把另一個病人引了進來，分明是一種逐客的意思」。

解放後一切不同了，金槐「他們工會有福利的組織，工人家屬可以免費治病」，小艾到了醫院，覺得醫生人真好，醫院的空氣和從前不同了，於是才想到「是真的為人民服務了」。

前後三次到醫院，也是新舊世界的對照。也許前兩次張愛玲寫得細節豐富，讓人感到在舊社會裏，窮人治病很不容易，而最後一次卻比較浮泛和一面倒，致令對照顯得不那麼有說服力，甚至有點薄弱。

〈小艾〉非常刻意地呈現新舊世界的對照，對新世界的嚮往也許是「保護色」，寫來沒有對舊世界的厭惡那麼細緻和完整。然而聯副版本卻把新舊社會的轉折段落以至對社會的匆匆一瞥刪掉，就不免約略主觀而粗暴地拆卸了小說的主要結構。也許，似抗戰勝利又打起內戰，「蔣匪幫在上海的最後一個春天」、土改、工會免費如工人家屬治病、醫院「為人民服務」等段落，在台灣報章刊出是太敏感了，刪節的用心是不是小說藝術以外的問題呢？

只是想說，張愛玲還健在，〈小艾〉的任何刪修，恐怕都應以她的意願作準。

《餘韻》的餘韻

一

擱筆多年的張愛玲最近又有舊作新版，書名叫做《餘韻》。《餘韻》成書，得要從中篇小說〈小艾〉說起。話說張愛玲繼〈十八春〉之後，以梁京筆名在上海《亦報》上連載中篇小說〈小艾〉，之後就離滬到港，事隔三十多年，為大陸學者陳子善所發現，交由香港《明報月刊》及台灣《聯合報》副刊發表。

《聯合報》連載的版本略有刪節，所刪的是「那是蔣匪幫在上海的最後一個春天，五月裏就解放了。樓底下孫家上了國民黨的當……」「……貧污腐敗，由上面領著頭投機囤積，那裏有一點著『抗戰建國』的氣象，根本沒有在那裏抗戰。現在糊裏糊塗算是勝利了，倒又打起內戰來了……」「現在他們工會裏有福利會組織，工人家屬可以免費治病……」等等略帶時局評述的段落，刪得最徹底的，是結尾的一段，那一段寫小艾在醫院治好了病，到印刷廠工作，再次懷了孕，憧憬著新生活的幸福。

《餘韻》裏的〈小艾〉版本與《明報月刊》版本一對照，前者只有七十節、後者有七十二節，被刪去了是第六十八和第七十二節，我沒有把《餘韻》版和《聯合報》連載版對照過，卻疑心《餘韻》版是一刪再刪的，刪得比《聯合報》連載版更甚。

張愛玲並沒有給《餘韻》寫前言後記，但在皇冠出版社編輯部代撰的《代序》中，卻把張愛玲談〈小艾〉的文字，原件製版刊出：「我非常不喜歡〈小艾〉。友人說缺少故事性，說得很好。原來的故事是另一婢女（寵妾的）被姦污懷孕，被妾發現後毒打囚禁，生下孩子撫為己出，將她賣到妓院，不如所終。妾失寵後，兒子歸五太太帶大，但是他憎恨她，因為她對妾不記仇，還對她很好。五太太的婢女小艾比她小七八歲……她一度向他挑逗……她婚後像美國暢銷小說中的新移民一樣努力想像發財，共產黨來後悵然笑著說：『現在沒指望了。』」構思與寫出來的簡直是兩個故事了。

二

張愛玲談〈小艾〉的那段文字，並沒有交代刪節是否經她同意，以及刪節的因由，但據皇冠出版社編輯部的〈代序〉稱：「……問題是一篇小說既已在大陸、香港和台灣先後發表，出版權當然屬於原作者，判斷權卻已歸讀者所有，無法索回，作者可以從新寫過，寫出來的卻絕不是目前的〈小艾〉，而是另一篇創作，其中的得失和高下之別又是另一回事了。所以作者表示盡量保持原來的形式和節數，以呈現當時連載的原貌。」

在「保持原來的形式和節數」之前，加上「盡量」兩個字，大約也約略透露了一點不得已的消息，大陸與香港刊本白紙黑字，若非經由作者親自刪修，任何人對原作動手腳恐怕都是不適當的，「盡量」兩個字也許暗示了作者的默許，但肯定與讀者的判斷權無關，牽纏拉扯，不見得怎樣高明。

《餘韻》除〈小艾〉外，還收錄了短篇小說〈華麗錄〉，散文〈散戲〉、〈中國人的宗教〉、〈「卷首玉照」及其他〉、〈雙聲〉、〈氣短情長及其他〉、〈我看蘇青〉等。算來《餘韻》已是張愛玲舊作出土，在「搶救破爛」之下出版的第三本書。在《張看》和《惘然記》二書中，都有她的自序，對舊作寫作背景和出新書的無可奈何加以說明交代，《餘韻》只有一小段談〈小艾〉的文字，而且只是談到了原來構思與創作成品的差異，並無交代刪節問題，實在頗令人失望。

事實上，張愛玲的記憶力極好，幾十年前參加徵文，得到第十三名名譽獎，可是第一名超出限定字數好幾倍，她都記得清清楚楚；〈創世記〉、〈連環套〉以至〈小艾〉的寫作構思和過程，事隔幾十年她一樣記之甚詳。〈小艾〉的刪節懸案，想來也不單是我一個人多心，看過足本與刪節本的讀者，大概都希望有日由她來作個說明。

據《餘韻》代序指出，梁京這筆名，原來是借用「玲」字首音，「張」的母音，切為「梁」；「張」的子音、「玲」的母音，切為「京」∴如此而已，別無他意云云。

《色・戒》的戲中戲

有很多人在談論《色・戒》這部電影，看電影之前，最好讀一遍張愛玲的原著，才一萬三千多字，讀得專心一點，不到兩個小時便讀完了，你便會發現，張愛玲筆下的易先生和王佳芝其實也是一場戲——說得簡單些，就是人生如戲。

張愛玲很喜愛〈色・戒〉，早在一九五〇年脫稿，但修改了二十多年才發表。她在《惘然記》卷首語寫道：「這個小故事曾經讓我震動，因而甘心一遍遍修改多年，在改寫的過程中，絲毫也沒有意識到三十年過去了，愛就是不問值不值得。」好一句「愛就是不問值不值得」，不免教人聯想到她與胡蘭成的孽緣——胡蘭成是漢奸，易先生也是漢奸，他們都為「偽汪政權」做事。

《色・戒》這部電影有「事先張揚」的情慾場面，也許「兒童不宜」，原著以電影和戲劇手法寫情，細緻動人，肯定是「老幼咸宜」。小說的「戲肉」發生在一家珠寶店，中年漢奸易先生要買一枚鑽戒給小情人王佳芝（她其實是愛國學生，加入特務組織，要刺殺易先生），珠寶店樓高兩層，「辦公室在兩層樓之間的一個閣樓上，是個淺淺的陽臺，俯瞰店堂」，這閣樓像電影院，也像舞臺。

易先生和王佳芝從珠寶店地下，走上小樓梯，到達閣樓，這寓意很精彩：兩人從現實人生走上舞臺，那才是真正的人生如戲。店裏店外早有埋伏，王佳芝「坐在書桌邊，忍不住回過頭去望瞭望樓下，只看得見櫥窗，玻璃架都空著，窗明几淨，連霓虹光管都沒裝，窗外人行道邊停著汽車，看得見車身下緣」，「這時候因為不知道下一步怎樣，在這小樓上難免覺得是高坐在火藥桶上，馬上就要給炸飛了，兩條腿都有點虛軟」。場景與內心世界互相呼應，氣氛全出了。

店員送來一枚鑽戒，王佳芝「把戒指就著枱燈的光翻來覆去細看。在這幽暗的陽臺上，背後明亮的櫥窗與玻璃門是銀幕，在放映一張黑白動作片，她不忍看一個流血場面，或是間諜受刑訊」，「牆根斜倚著的大鏡子照著她的腳，踏在牡丹花叢中」，粉紅鑽戒「與她玫瑰紅的指甲油一比，其實不過微紅，也不太大，但是光頭極足，亮閃閃的，異星一樣，紅得有種神秘感。可惜不過是舞臺上的小道具，而且只用這麼一會工夫，使人感到惆悵」。這一幕是點題的戲中戲，既說鑽「戒」的顏「色」，也暗示「色」（色相、情感）與「戒」（戒律、理智）的內心掙扎。

王佳芝在生死關頭放走了易先生，她卻給槍殺了，很不理智，但「愛就是不問值不值得」。易先生「覺得她的影子會永遠依傍他，安慰他。雖然她恨他，她最後對他的感情強烈到是甚麼感情都不相干了……她這才生是他的人，死是他的鬼。」他其實也不是無情的。他們在一個小小的舞臺上，演透了戲夢人生，情之為物，便無所謂合不合理，值不值得了。

她在衣服上穿戴著身體

瑞士法語詩人桑德拉斯（Blaise Cendrars）曾在巴黎、紐約、里內熱內盧等大都會流浪，此人是無政府主義者，堪稱二十世紀初法語詩的風雲人物，與爵士樂和立體派繪畫都有一些淵源，他熱情擁抱新時代的爆發力與發發明，諸如飛機、電影、摩天大廈、爵士樂和荷李活電影。

桑德拉斯愛旅行、愛交朋結友、愛時裝，他曾寫了一首題為〈共時的時裝〉的詩給畫家桑尼婭・德洛內（Sonia Delaunay），劈頭便說「她在衣服上穿戴著身體」：

女人的身體像我的頭顱一樣起伏不定
肉體如果同精神融合
就能光芒四射。
設計師的職業

如骨相家的職業一般荒謬
我的眼睛是稱量女人感性程度的衡器。

這首詩彷彿就是時裝的宣言，因此常被研究時裝的文章引用：

所有膨脹的東西都在增加深度
星星掏空了天空。
色彩在對比之下脫去了衣服……

這首詩對衣服裏的胴體也有情色的想像：

在石南的手臂
新月和雌蕊的陰影在蠢蠢欲動
水越過海綠色的肩胛
從背上洩下
乳房的雙海螺
從虹橋下穿過

桑德拉斯這首詩要說的，大概就是都市飲食男女的物質美學，他們總是藉穿衣來表現身體；這一點，跟張愛玲年輕時的穿衣哲學相去不遠。

張愛玲的〈更衣記〉不僅僅說穿衣之道，也旁及對於社會的感觸，時而尖刻，時而體諒，很教人喜歡：

> 有一次我在電車上看見一個年輕人，也許是學生，也許是店伙，用米色綠方格的兔子呢製了太緊的袍，腳上穿著女式紅綠條紋短襪，嘴裏銜著別致的描花假象牙煙斗，煙斗裏並沒有煙。他吮了一會，拿下來把它一截截拆開了，又裝上去，再送到嘴裏吮，面上頗有得色。

這年輕人的衣飾是不是時尚，大概不是重點，就像我們今天看見年輕女藝人的穿戴，又鼻環又舌環又臍環的，看得慣不慣、懂不懂時尚，似乎尚在其次，這當中涉及觀看他人身體的態度——張愛玲用了一些字，比如「太」（太緊的袍），比如「假」（假象牙煙斗），乃至銜著沒有煙的煙斗，還假裝吮吸，也真是「乍看覺得可笑」，好在加了一句：「然而為甚麼不呢，如果他喜歡？」

在物質日趨失衡地氾濫的今天，美國女性主義學者波多（Susan Bordo）把過度的「管理身體」形容為「飢餓症」：

飢餓症成了現代人的特點，表現了對無節制消費的極端渴求（這種渴求表現於飢餓症患者的暴食中）。而與這種渴求並存的還有一種相反的要求……表現在飢餓症患者的嘔吐、無節制的體育運動（纖體？）和腸胃淨化。

皮蛋與鹽

蘇珊・桑塔格（Susan Sontag）在六十年代寫了一個短篇小說，叫做 *Project for a Trip to China*，說她很想去中國旅行，她想像自己走過貫通香港與中國的羅湖橋，想像自己長得像中國人（因為她的父親十六歲便到中國做皮草生意，後來跟她母親在中國結婚，母親在中國懷孕，回到美國才生了她），也想像自己愛吃中國食物：百年蛋（hundred-year-old eggs）。

她所知道的中國食物就只有百年蛋，她說：「我一直喜歡吃百年蛋（它們是鴨蛋，大約需要兩年時間，才變成精緻的綠色與半透明的黑色的芝士——我一直希望他們真的是百年老蛋。想像一下百年後它們會變成甚麼樣子）。」毫無疑問，這百年蛋就是皮蛋。

她跟友人在紐約和三藩市的餐廳吃皮蛋，她告訴友人這蛋是非常美味的，但友人光看她吃，並且總會問：「大衛（蘇珊・桑塔格的兒子）也吃這蛋嗎？」她的標準答案是這樣的：「他當然吃，為了取悅我。」這皮蛋在蘇珊・桑塔格筆下，總與親情相涉——她與素未謀面的父親，兒子與她，都情繫皮蛋。

張愛玲在〈花雕〉也說到皮蛋：「夫人皺眉道：『今兒的菜油得厲害，叫我怎麼下筷子？趙媽你去剝兩隻皮蛋來給我下酒。』趙媽答應了一聲，卻有些意意思思的，沒動身。鄭夫人叱道：『你聾了是不是？叫你剝皮蛋！』鄭先生將小銀杯重重在桌面上一磕，灑了一手的酒，把後襟一撩，站起來往外走，親自到巷堂裏去找孩子。」皮蛋下酒，是因為菜太油，彷彿將將就就有點淒酸。

想起《百喻經》的一個寓言：「昔有愚人，至於他家。主人與食，嫌淡無味。主人聞已，更為益鹽。既得鹽美，便自念言：所以美者，緣有鹽故。少有尚爾，況復多也。愚人無智，便空食鹽。食已口爽，返為其患。」有鹽味美，不等於鹽好吃，皮蛋做菜要講究配搭，而且淺嘗才好，要是像蘇珊・桑塔格和鄭夫人那樣光吃皮蛋，合該像愚人吃鹽。

一隻跳蚤三條命

一九三九年，張愛玲十九歲，寫〈天才夢〉，參加《西風》徵文，文末說：「在沒有人與人交接的場合，我充滿了生命的歡悅。可是我一天不能克服這種咬嚙性的小煩惱，生命是一襲華美的袍，爬滿了蚤子。」這蚤子讓人做了很多文章。我本來想說，張愛玲讀過不少英詩，大概也讀過鄧約翰（John Donne, 1572-1631），可又覺得牽強。那就不如說，她的「蚤子」總教我聯想到鄧恩的名詩〈跳蚤〉（The Flea）。

鄧約翰是伊莉莎白寵臣伊格頓（Egerton）的私人秘書，可競選為國會議員。一六〇一年，他二十九歲，與年僅十七歲的伊格頓姪女秘密結婚，女方家長很不高興，把他關進監獄裏，他往後的生活很潦倒。〈跳蚤〉（The Flea）是一首「淫詩」，詩人要求一名少女「偷歡」，少女拒絕，他便用跳蚤為喻，試圖說服她：

看呀，這隻跳蚤，叮在這裏，
你對我的拒絕多麼微不足道；
它先叮我，現在又叮你，
我們的血液在它體內溶和；
你知道這是不能言說的
罪惡、羞恥、貞操的丟失，
它沒有向我們請求就得到享受，
飽餐了我們的血滴後大腹便便，
這種享受我們無能企及。

少女企圖拍死跳蚤，詩人便說：

住手，一隻跳蚤，三條生命啊，
它的身體不只是見證我們的婚約。
還是你和我，我們的婚床，婚姻的殿堂；
父母怨恨，你不情願，我們還是相遇，
並躲藏在黝黑的有生命的牆院裏。
儘管你會習慣地拍死跳蚤，

千萬別，這會殺了我，也增加你的自殺之罪，
殺害三條生命會褻瀆神靈。

有一回，張愛玲告訴林式同，搬家是為了避蚤子：「她說她那裏的蚤子產於南美，生命力奇強……還在冰箱裏的保溫層中藏著……」不知道那是「跳蚤」還是「蝨子」——即使放在眼前，我也未必分得清楚。「蚤」粵音「早」，「蝨」粵音「失」，這倒易分；英語也是兩個不同的字，louse 是蝨子，flea 是跳蚤；又想起《格林童話》（*Grimm's Fairy Tale*）有一篇〈蝨子和跳蚤〉，英譯是 **A little louse and a little flea**。

張愛玲寫信給宋淇，說是「蚤」（flea），可有心人如張小虹卻有潛意識聯想：「『蚤子』與舊衣物相連，如跳蚤市場；而『蝨子』則與頭髮有關，如頭蝨。」更從「戀物」說到「懼物」，真是蔚為奇觀。

不如談談〈蝨子和跳蚤〉吧，說不定可替佛洛伊德（Sigmund Freud）或拉康（Jacques Lacan）找到落腳處。

蝨子和跳蚤用蛋殼釀啤酒（不要忘記，格林兄弟是德國人），蝨子掉了進去，被燙傷了，跳蚤便大叫起來。小房門問牠為何尖叫？牠說蝨子被燙傷了。小房門便「吱吱嘎嘎」叫了。小掃帚問牠為何亂叫？小掃帚告訴小拖車，小拖車告訴餘燼，餘燼告訴小樹，小樹告訴小女孩……都為蝨子的不幸高聲叫嚷。

最後泉眼聽到了，便不斷地流淌：小姑娘，小樹，餘燼，小拖車，掃帚，小房門，跳蚤和蝨子，全被淹沒了。

好像甚麼事都從沒發生。是的，傳聞儘管煽情，呱呱叫可解決不了問題。

封鎖裏的傳奇

一

張愛玲有一篇很特別的小說，叫做〈封鎖〉，整個故事發生在一輛電車的車廂裏，電車碰到封鎖，停了，故事就在封鎖的時候發生，到封鎖開放，又好像甚麼事都沒有發生了。

「……封鎖了，搖鈴了。『叮玲玲玲玲玲』，每一個『玲』字都是玲玲的一小點，一點一點連成虛線，切斷了時間和空間。」封鎖在車廂裏的乘客，看見馬路上的人奔跑，看見商店拉上鐵門，他們和車廂以外的世界是切斷而又相連的，他的時間也沒有因封鎖而停頓下來，只是電車不進不退，車廂內的人在那樣的一個空間的點上，發生了一段即興的、荒唐的、有點戲劇性的愛情故事。

是的，兩個本來不相干的人，在封鎖的時候談起戀愛來了。

男的是一個三十來歲的會計師，已婚，有一個十三歲的女兒，他為了避開難纏的親戚，換了個座位，剛好坐在一個像擠出來的牙膏那樣沒有款式的女人旁邊；女的廿五歲，家裏的人哄著她找一個有錢的女婿。

他們搭上了，街上一陣亂，兩人同時探頭張望，兩張面龐異常接近，「在極短距離內，任何人的臉都和尋常不同，像銀幕上的特寫鏡頭一般的緊張」。

女子臉紅了，男子想不到自己能夠使一個女人臉紅。男子告訴女子許多話，關於工作的、夢想的、家庭的，他說他是一個不快樂的男人，他們被其他乘客擠得緊的，坐近一點，再坐近一點——虛線上的兩點，差不多要戲劇性地連起來的。

解封了，鈴聲又叮玲玲玲玲的響起來了，每一個「玲」字是「玲玲」的一點——一點連成一條虛線，切斷了時間與空間。男子走了，可女子沒有下車，只遙遙坐在原先的座位上，女子震了一震——她明白「封鎖期間的一切，等於沒有發生。整個的上海打了個盹，做了個不近情理的夢。」

在封鎖期間，時間和空間切斷了，一點一點連成虛線——在張愛玲的小說裏，不單是一輛電車的車廂，有時是一座癱瘓了的城，有時是一幢破落戶的房子，一幕又一幕處境的，即興的、荒唐的傳奇，封鎖期間上演著。

二

在〈封鎖〉這篇小說裏，張愛玲對那些頭腦封鎖的人，作出這樣的刻劃——電車裏，一個醫科學生拿出一本圖書薄，修改一幅人體骨骼的簡圖，車上的乘客閒得沒事幹，就圍繞著他，看他寫生。拈著燻魚的丈夫低聲對妻子說：「我就看不慣現在與的這種立體派、印象派！」醫科學生填寫每一根骨頭、神經、筋絡的名字。一個人將折扇半掩著臉向人解釋道：「中國畫的影響。現在的西洋畫也時與題字了，倒真是『東風西漸』！」

嚷著看不見慣立體派、印象派的人，是老派國粹先生，他們認為只有中國畫才是正統的畫，可是連立體派、印象派是甚麼也弄不清楚。說那是「中國畫的影響」的人，下了個「東風西漸」的結論，好像弄通了甚麼是「東」、甚麼是「西」，卻是個不是東西的新派國粹先生——這是新派國粹先生常常較元老派國粹先生更可笑的原因。

〈茉莉香片〉裏的聶介臣、聶傳慶父子，卻是可悲的頭腦封鎖的人。他們家裏有個網球場，但很少有機會騰出來打網球，多半是景滿了衣裳，天暖的時候，他們在那裏煮鴉片煙。聶介臣問兒子選了甚麼課，聶傳慶說：「英文歷史，十九世紀英文散文——」聶介臣道：「你那個英文——算了罷……還選了甚麼？」傳慶道：「中國文學史。」聶介臣道：「那可便宜了你！唐詩、宋詞，你早讀過了。」聶公臣聽聞兒子交了一個女朋友，就說：「誰說她看上你來著？還不是看上你的錢……」聶介臣是頭腦封鎖的老派人，他整個人也早就封鎖在煙床上了。

聶傳慶跟處身的世界格格不入。他喜歡西裝，卻又由於差一點就是言子夜的兒子，覺得綢袍穿在言子夜身上，更加突出了身材的秀拔。他的精神陷於自我封鎖的病態。言丹朱對他好，說「你知道我是你的朋友，我要你快樂——」他咆哮著：「你要分點快樂給我，是不是？你飽了，你把桌上的麵包屑掃下來餵狗吃？是不是？我不要！我不要！我寧死也不要了！」

年輕人的封鎖比年老的更可悲。

齊齊綁架張愛玲

一

近讀錢定平《破圍》，此書所破解的，是錢鍾書的《圍城》，即註解《圍城》的文化語碼。此人堪稱文壇怪傑，據聞乃北京大學數學力學系本科畢業，八十年代初出國，先後在美國、德國和奧地利任教；學術專業是人工智慧及語言和計算語言學；通曉英、德、法、日、俄五國語言，略通意大利語、維吾爾語……九十年代開始向國內多份雜誌投稿，「一九九八年回國後，以淩厲之勢呼嘯著進入文學創作和文藝翻譯領域」。

錢定平有一篇文章，題為〈香港造就了張愛玲〉，說「她的文本裏實際上埋藏著許多英文語句」，諸如《傾城之戀》裏，范柳原說「無用的女人是最厲害的女人」，正是英語所言「無用的女人是強者和猛獸」；〈紅玫瑰與白玫瑰〉裏，王太太說「就像喝牆似的」，「喝牆」脫胎自英語 to drink a wall，意為「不好受」；〈沉香屑〉寫「那不是風，那是喬琪的吻」，此語脫胎於英文的「風吻」（wind kiss）……

這些說法有如猜謎，儘管不可盡信，可說到〈心經〉裏有一句「我叫這樓梯『獨白的樓梯』」出自美國小說《飄》，我查過了，郝思佳確有一句「她在樓梯上的獨白」（her monologue on the staircase）……錢定平文章寫得略嫌浮面粗疏，然則文章每有「大膽假設」，讀者倘據此「小心求證」，諒有所得，論張愛玲文字的英語淵源即為顯例。

二

張愛玲是一個永遠的概念——如果布希亞（Jean Baudrillard）讀過張愛玲，他大概會說：這世界不存在張愛玲專家，因為人人都是張愛玲專家。是的，她既是一個信手拈來的概念，也是一個沒法抓得住的概念。

對不起，二〇〇七年，布希亞死了，張愛玲復活。

二〇〇七年是張愛玲的，一部《色．戒》便衍生了數之不盡的張愛玲研究專著，以及過度生產以致泛濫成災的張愛玲論文，任何一位自封或被封的張愛玲專家窮其一生也沒法讀完。

無論姑姑在世還是去世，任何一個年份都是她的——她是一張任意改寫的地圖，塞滿了注釋，內容卻因不斷流動而大量流失。沒事，不是有一本叫《綁架張愛玲》的書嗎？儘管那只是一本上海旅遊指南，卻因挾持了姑姑而好看起來。

三

二〇一〇年的台北書展尚未揭幕，已公佈了六本「年度之書」，小說類得主為甘耀明《殺鬼》、張愛玲的《小團圓》及陳淑瑤的《流水帳》，非小說類則由王鼎鈞的《文學江湖：王鼎鈞回憶錄四部曲》、藍佩嘉的《跨國灰姑娘》及野夫的《江上的母親》。《小團圓》是眾望所歸，「香港書獎」當然少不了它的份兒。

張愛玲辭世十五年，今年是九十歲冥壽，「張熱」不斷升溫，香港電影資料館也舉辦了「借銀燈——張愛玲與電影」專題節目，選映十多部由張愛玲編劇或改編自她作品的影片，據聞「祖師奶奶」的電影文學劇本正籌備出版。

這邊廂，千呼萬喚始出來，張愛玲的英文小說《雷峰塔》（*The Fall of the Pagoda*）出版了；那邊廂，台灣報刊相繼推出胡蘭成的書信，而《印刻文學生活誌》四月號是「胡蘭成專號」，說來真像一段隔海的緣未央。

《印刻》客席總編輯朱天文在〈願未央——記述胡蘭成〉一文中說，讀胡蘭成寫給黎華標的信，七十封信，「我遲遲停停，分了五天才讀完，怕一下子讀完就沒有了」。對，這「願未央」也是「緣未央」，讀完就沒有了。

胡蘭成在寫給黎華標的一封信中說：「我於張愛玲連她對我的訣絕書，我都以為好，這種糊塗，你也有的。」讀完就沒有了，張胡的故事，也是如此這般。

《文字的再生》箚記

一

劉紹銘眉批張愛玲的文字，圈之點之，始於散文，及於小說，筆下有情，廣徵博引，從頭細說張文的險句、奇喻、音樂感、怪念頭、陌生化、不近人情……在這「文字還能感人（？）的時代」，指點「兀自燃燒的句子」，毋寧近乎「蒼涼的手勢」。

二

甲輯八篇「張文講話」，僅〈落難才女張愛玲〉一篇已值回「書」價——甘為落難才女奔走謀事的，豈獨「劉郎」？細讀箇中因緣，堪稱「傳奇」外一章。張「憐才」而委身於胡，情至而義盡，當年留美華人學者厚愛才女，「憐才」之外，大概都暗忖：到底是張愛玲，不是 Eileen Chang。

三

劉紹銘說得好：〈鬱金香〉不是張氏「招牌貨」，〈色・戒〉當然也不是她的「得意之作」；然則除了「透人心肺的譬喻」，「祖師奶奶」珍藏凡三十年，多少有點「張看」的「餘韻」吧，那易先生值不值得王佳芝愛？「祖師奶奶」至少寫了〈羊毛出在羊身上〉為她鳴冤。

四

錢定平說張文暗藏不少英語——〈心經〉那句「我叫這樓梯『獨白的樓梯』」，脫胎自《飄》，即郝思佳所言 her monologue on the staircase；又說一些句子可從毛姆《人性枷鎖》、王爾德《莎樂美》見出端倪，識見不凡，可惜文章很浮很粗，敢信不是「祖師奶奶」那杯茶。劉紹銘說「翻譯家要揚才露己，還是改行創作的好」，評論家何獨不然？

五

〈張愛玲教英文〉乃至乙輯諸篇論翻譯，兼及作者「自譯」，縱橫開合，快哉。說來向英語「借譯」，不失為好題目。〈張愛玲的中英互譯〉提到《流言》英譯者 Andrew F. Jones，漢名為安道（亦為余華小說英譯者），〈傾城之戀〉英譯者 Karen S. Kingsbury，漢名為金凱筠；兩人所譯，當然都比張的自譯好。

六

新舊文章歷時卅載，部分譯名未及校改，如 Stephen Owen 漢名為宇文所安而非歐文，霍克思快婿為閔福德而非明福，A.C.Graham 為葛瑞漢而非格雷厄姆，Moss Roberts 為羅慕士而非羅拔士。這些「漢學家」愛用漢名，應予尊重。

七

一句題外話，不吐不快：劉紹銘論翻譯，以「青青河畔草」為例，指出「青青」兩字譯作 green green 欠妥；然則宇文所安認為「青」兼藍綠，亦知其一不知其二。《詩經》有「綠竹青青」句，既言綠竹，「青青」這疊字詞當非顏色字，應作「茂盛」解；何況「青青河畔草」下句為「鬱鬱園中柳」，「青青」對「鬱鬱」，俱「鑑貌」而非「辨色」。

《末日酒店》：六個影子的夢與嘆息

「末日酒店」在澳門（馬交奧），它的一切秘密和記憶，希望和榮光（hope and glory），都好像無關重要了，但它之所以不是一間存在或從來不曾存在的酒店的傳記，而是一首長詩，或一篇有若「時間簡史」的小說，倒是緣起於一個意象，或一個隱喻：一〇七號房間和地下儲物室的鎖匙。

黃碧雲有意無意地在一連串幻影般的故事鏈中告訴讀者：食客在早餐大肉腸裏吃到兩條舊式長鎖匙，原來那是廚子在廚房角落一塊壞了的瓷磚下面找到，塞進香腸裏——後來酒店有一個雅號，叫做「鎖匙餐廳」。

這酒店本來有二十間房間，永遠無法租出超過十三間——剛來了第十四間房的客人，另一房間的客人便提前離開；自從發生鎖匙事件，一〇七號房間再也沒有租出去。

這酒店經歷了戰爭、火災，與種種的劫（如同它身處的城，如同它的主人、僕人和客人的來處及去處），繁鬧過，也荒涼過：噴水泉再也沒有水，棕櫚樹枯萎，台階陰滑長綠，瓷磚釉畫碎裂。動物骨頭，爛菜葉，燒焦的香煙蒂，染滿精液與舊血的毛巾，嘔吐物與尿液在四方走廊發臭。

這酒店六度易主，到了末尾，這首長詩或略嫌簡短的小說的敘事者（「我」）發覺一個人有六個影子：

那六個影子，愈靠愈近，影子都有名字，第一個叫嘉比奧，他以為他可以創造；山多殊的日子很短暫，影子淡藍；馬古殊在戰爭之中，沒有受傷但他已經無法復原；路西奧·林蒙殊口袋穿洞，從此他所有西裝外衣的口袋都穿洞；我祖父其實我從來沒有見過，那一個白鬍子我以為是神父；我父親他還是很年輕……

六個影子，六代主人，六小段故事裏的故事，匆匆如夢，可留下了悠長得像殖民史的無嘆息的嘆息。由是想起，駝背僕人阿方索說：

山多殊先生，麵粉和罐頭只能夠一個星期的食用了，鋼琴與銀燭台到底有甚麼用處，山多殊關上了儲物室的門，鎖上並將鎖匙交給阿方索，鎖匙如果沒有房間，還有甚麼用處，麵粉和罐頭對屍體有何用處，阿方索就明白了……

每一個影子、每一次易主，都以交匯眾聲的長段展開，當中有一連串像蠕蟲似的逗號

（，，，，，，，，，，，，，，，，，，，，，，，，，，，，，，，，，，，，），連綿無盡，在人影與聲音與嘆息之間，那些逗號如蟻，如斑，如暗黑的水滴，都在蠶食著時光。或者就像揭翻一本陳年相簿，裏面的每一個人都彷彿有話要說，可沒說夠就已經翻到另一頁去了。卻一直沒忘記駝背僕人阿方索：

阿方索將酒店大門鎖上，在後園種了馬鈴薯與葱，養了雞。有雞就有雞蛋，有雞蛋就來了蛇，有蛇就來了野豬，將豬用花鋤打死，豬腿豬手，加鹽風乾，都可以算做野豬火腿肉。山有水，下雨的時候噴水池都儲滿，沒有蠟燭阿方索發覺，和在村裏一樣，夜裏可以視物，月光通明。

那彷彿就是這間「末日酒店」的無數「創世記」的其中一段，「一個時代的終結的意思是，沒有人再記得曾經發生的事情」，「因為也不重要」。六個影子，六個世代的出場者或過場者、述說者或被述說者，有畫、有音樂、有詩、有愛有慾，有怨有恨，忠誠或執迷，有聲或無聲，靜默或癡妄，由所在地到流放地，由生之始到終，都有若待續的「無愛紀」，有若莫解之咒。

這歷劫的「末日酒店」又再翻新了，天花板和牆壁打開再鋪好，收藏新空調系統氣管，儲物室改為機器房，噴泉拆掉，二十間客房改為七間，酒店從舊綠塗成明黃，標誌著一個時代的終結……

酒店的七個房間，沒有號碼，只用詩的名字，《葡萄牙的海》、《最後一船》、《夜》、《暴風》、《靜》、《黎明之前》、《濃霧》，藍字，燒在瓷磚上。

更久遠的從前，這間酒店是間學校，學校搬了，變成痲瘋病院（神父說，誰都是痲瘋病人），後來，病院搬到去聖拿撒路堂，這個地方就變成了一間酒店。酒店是甚麼呢？且聽神父說，是旅人過夜的地方，或者，和修院一樣，我們在此知道肉身的暫時。六個影子，六個世代的出場者或過場者、述說者或被述說者，原來都只是肉身暫時之寄寓，由是都不及其餘了。

此所以詩是長的，而故事總是短的。

也許有人在很多年後見到一個駝背人，他是阿方索嗎？神父便說，你見到的，一定在嗎？你看不見的，是否就沒有了？如果我見到的，有時在，有時不在，這物到底在也不在？沒事，很多很多年前，不也有一個聲音，向金貴祥（草蜢仔）說過類似的說話嗎？佛偈或彌撒，答問或經文，也許都不一定是甚麼智慧，但至少是撫慰匆匆而惶惶的過客的話語，或這小說一再提到的「輕度藥物」（……從一瓶到另一瓶，藥物到酒精，一種迷糊到另一種，經歷天堂的多種可能……）

最終也不過是一段「時間簡史」，那是酒店接待桌的一個舊時鐘，鐘背刻著 Captain and Mrs John Clark, 1898，鐘底有另一字跡，比較淺，刻著，Hope and Glory。那一年克拉克船長和他的夫人，因為喜愛一個山頭的風與遠景，決定在此建一間酒店。可克拉克夫婦走了，回英國或去印度，半間房子賣了給七苦玫瑰會，辦了一間學校，有一天銀匠送來了一個銀小鐘，說，錢還沒有付，修女便說，你女兒可以來讀書，我教她彈鋼琴。

這個小銀鐘，一直放在依瑪無玷修女的校長室桌面，忠心行走。

詩是長的，小說是短的。「維基百科」的解說更短：

> 峰景酒店（葡萄牙語Hotel Bela Vista），原稱竹仔室酒店，是澳門最歷史悠久的酒店，現作為葡萄牙駐港澳總領事之官邸……建築物原為別墅，建於一八七〇年。後為英國的克拉克船長的所買，自一八九〇年起改為酒店用途，但保留了部分古炮台。原稱的竹仔室酒店乃指其位置，築於竹仔室炮台原址。建築物曾幾度易手，並改變用途為中學、收容所等。一九九〇至一九九二年進行改裝工程，成為只有八間客房的五星級酒店……直至一九九九年三月二十九日終告結業。現今，峰景酒店大樓已被用作葡萄牙駐港澳總領事官邸。

井底的剪刀
——管窺殘雪

一

那井底，有我掉下的一把刀，我在夢裏暗暗下定決心，要把它撈上來。一醒來，我總發現自己搞錯了，原來並不曾掉下甚麼剪刀，你母親斷然我是搞錯了。我不死心，下一次又記起它。我躺著，會忽然覺得很遺憾，因為剪刀沉在井底生鏽，我為甚麼不去打撈。我為這件事苦惱了幾十年，臉上的皺紋如刀刻的一般。終於有一回，我到了井邊，試著放下吊桶去，繩子又重又滑，我的手一軟，木桶發出轟隆一聲巨響，散落在井中。我奔回屋裏，朝鏡子裏一瞥，左邊的鬢髮全白了。

這一段寓言似的獨白，引自殘雪的小說〈山上的小屋〉，一柄不知道有沒有掉進井底的剪刀，一份不死心的牽掛，一種或是非理性的徒然感，或是潛藏於內心世界的固執，教人讀了不禁心裏發毛，在現實與超現實之間，在荒誕與具體描述之間，有著一股教人在悖理中恍有所悟的力量。

殘雪的小說集《黃泥街》在台灣出版，另一本小說集《天堂裏的對話》列為北京作家出版社的「文學新星叢書」。她原名鄧小華，一九五三年生於湖南長沙，是「小有名氣的個體裁縫」，一九八三年開始寫作。《黃泥街》由圓神出版，是她的第一個小說集，據說集子來到香港，不到十天就售罄了，可見香港也有不少人認識她。

是這樣的，一九八五年到大陸旅行，好些朋友都在談莫言；一九八六年到大陸旅行，那些朋友都在談殘雪了。後來讀了她的《黃泥街》，覺得無疑是很好，但好像散漫了些，有些段落荒誕我略嫌刻意，也略帶嫌重複。

後來在《新小說在一九八五年》讀到〈公牛〉，覺得好得多了，意象和意識的交疊重迭，處理得濃縮而從容。一口氣讀了〈天窗〉、〈約會〉、〈山上的小屋〉、〈天堂裏的對話〉和〈蒼老的浮雲〉，覺得較長的〈蒼老的浮雲〉是最弱的一篇，最喜歡的是〈山上的小屋〉。

其後讀了北京作家版的《天堂裏的對話》，隱約覺得殘雪小說裏總有一些似是矛盾而荒誕、卻又不無統一而深刻的雙重視象——既以外部世界的確定描述對比內心世界的疑惑，又以外部結構的刻意幻化作為內心世界某些執著的反差，在虛虛實實、疑幻疑真之間，彷彿有了些游離的線索，這裏且嘗試把一些想法整理一下。

喜歡〈山上的小屋〉，覺得這個短篇寫得較為集中而濃縮，小說開始時這樣說：「在我家屋後的荒山上，有一座木板搭起來的小屋。」到了最後卻說：「我爬上山，滿眼都是白石子的火燄，沒有山葡萄，也沒有小屋。」

根據慣常的閱讀理解，大概是說「我」一直以為山上有一座小屋，但爬上山，卻發現根本沒有小屋，然而小說裏有許多豐富的細節，讓我們感覺可能還有其他的理解方法：

「我」每天都在家中清理抽屜，好像永生永世也清理不好，「清理」這回事猶如一種強迫症。

「我」看見窗子上被人用手指捅出數不清的洞眼，說月光下有許多小偷在房子周圍徘徊。後來「我發現他們趁我不在的時候把我的抽屜翻得亂八七糟」，「我」心愛的死蛾子、死蜻蜓全扔到了地上。

小妹告訴「我」，母親一直在打主意要弄斷「我」的胳膊，因為「我開關抽屜的聲音使她發狂」。

這些荒誕不經的陳述，由「我」的意識轉移到家人的意識，彷彿很多事情發生著，又不見得真正發生過甚麼事情，父親的一段獨白，強化了這份感覺：

那井底，有我掉下的一把剪刀，我在前夢裏暗暗下定決心，要把它打撈上來。一醒來，我總發現自己搞錯了，原來並不曾掉下甚麼剪刀……我躺著，會忽然覺得很遺憾，因為剪刀沉在井底生銹，我為甚麼不去打撈。我為這件事苦惱了幾十年……

山上的小屋、不斷開關的抽屜、井裏的剪刀，在敘事者的意識裏，倒是真實的存在，也許就是沙特（Jean-Paul Sartre）所說的「影像（或想像）的存在」（imaginary / existence），因為影像或想像並不是一個物體，而是以其形狀、顏色、位置，僅僅存在於意識，此所以存在即無處不在（existence is everywhere）。

二

讀殘雪的小說，有時會想起七等生。程德培為《天堂裏的對話》撰序，認為殘雪的小說是折磨著她的夢，並且指出殘雪跟其他寫夢與精神變異的作者有著顯著的差別：

其他小說敘述者是站在白天的立場上，或者在理智的立場上向我們敘述一個記憶的殘夢和一種精神的變異；殘雪不同，她的敘述視線決定了敘述者本身的立場就是處於夢幻狀態，她的語言就是夢的語言……幻想成為形式就顯然地包括敘述的態度與敘述者的視角。

單就「敘述立場」而言，我們也許可以說：七等生是站在殘雪那一邊的。七等生有一篇小說，叫做〈獵槍〉，最後一節〈不同的凝視〉只有五行：

你在我的右眼裏
只有一個半則面；
我的左眼中
你的影像
被槍支的褐木遮掩。

兩隻眼由於視點不同，看出不同的影像，殘雪所敘述的事物，其實也有著類似的雙重視象，那麼，白天／黑夜、理智／夢幻、病態／正常等等立場或意識的二分法，可能只是討論的起點，而不是最終的結論。

把七等生也列為夢與精神變異的敘述者，在某程度而言也許並不確切，他有時會在作品中討論宗教、柏格森（Henri Bergson）的倫理學、以至道德和人生的問題，故此葉石濤說：七等生的世界「一方面和我們所處的現實境遇息息相關，一方面又和我們所熟悉的這世界大相徑庭」；雙重視象裏有一大片模糊的域界，在時序上分不清白天和黑夜，在立場上也不易分割理智和夢幻。

在殘雪的小說裏，甚至找不到像七等生那樣的議論和沉思，幾乎沒有價值判斷，眼睛所見的世界常常被主觀幻象所籠罩，這樣的句子俯首皆是：

我用勁睜開紅腫的眼，滿地都是紅蜻蜓的屍體。（〈天窗〉）

我睜大雙眼在黑暗中搜索，終於看見一排細小的幻影從牆根溜過。（〈天堂裏的對話〉）

那時我和你站在湖光水色中，我的雙眼突然紅腫起來，甚麼也看不見了。（〈天堂裏的對話〉）

那時候母親一年四季總是擊著那條黑黑的圍裙，有時早上臉也不洗，眼睛總是腫得像個蒜包。（〈阿梅在一個太陽天裏的愁思〉）

我照了鏡子，發現自己白髮蒼蒼，眼角流著綠色的眼屎。（〈公牛〉）

都是目之所見，這些虛幻而不潔的視象，恐怕也表達了某種觀看的態度。在台灣圓神板的《黃泥街》卷前，有一段殘雪的自白：

我聽說在我的作品裏，通篇充滿了光明的照射，這是字裏行間處處透出來的。我再強調一句，激起我的創造的，是美麗南方的驕陽。正因為心中有光明，黑暗才成其為黑暗，正因為有天堂，才會有對地獄的刻骨體驗，正因為充滿了博愛，人才能在藝術的境界裏超脫、昇華，只有庸人和淺薄的人才看不到這一點。

除了最後一句比較霸道、約略不公平之外，這番後設的自白基本上可以作為殘雪小說的注解，但卻不宜訴諸某種機械反映。殘雪小說裏的人物，要是不幸站在理智立場上去看，無疑總是看見種種病態：

屋頂上，像膿瘡一樣坐著患了晚期梅毒的父親，還有肥胖的，被糖尿病折磨得奄奄一息的母親……我的兄弟們像猴子一樣在那上面爬來爬去，在他們那空虛的腹腔內，一個巨大的胃痙攣地滲出綠色的液體。（〈天窗〉）

……我只要看見紫色，周身的血液就要沸騰起來。剛才我咬破了舌尖上的一個血泡，滿嘴腥味。」「這屋裏要是真的漲起水來該怎麼得了，床底下的玻璃罐會不會被沖走，裏面一共浸泡著六顆牙。（〈公牛〉）

膿血、排泄物、吐、潰爛、發霉、惡臭、血泡、疹子、口涎、動物的內臟、頭皮、蛔蟲……這些教人看縹心裏發毛的影像比比皆是，那是一種官能刺激——不斷強烈刺激已呈麻木的感官；可是小說裏的人物長期活在森冷的處境，對於「死水」似的潰爛生涯早已習以為常，因而對於陽光（白光、亮光）有著某些異常反應：

一個漢子站在街對面，手持一塊破鏡，把太陽的白光反射進我家的牆上，令人眼花撩亂地旋圈子……（〈約會〉）

我爬了很久，太陽刺得我頭昏眼花，每一塊石子都動著白色的小火苗……我眉毛上

冒出的鹽汗滴到眼珠裏，我甚麼也看不見……（〈山上的小屋〉）

黎明的時刻，我要浮上水面來，向著在湖邊焦躁踱步的你，動一動嘴唇，然後飛快地沉入水底，因為朝霞會瞎我的眼睛……（〈天堂裏的對話之二〉）

都是目之所見，由是構成了眼睛／光／不潔的三重辯證法。

三

殘雪在《八方》第九輯發表的短篇〈藝術家們和讀過浪漫主義的縣長老頭〉，所寫的不再是超現實的臆想世界，而是一個極度誇張的現實世界。

在窮鄉僻壤召開了一個藝術家的會議，五個無賴藝術家來了，他們不跟主持會議的縣長招呼，「只顧爭先恐後地用墨黑的爪子抓桌上的點心」，他們發言了，空洞得不知所云；縣長是個糟老頭，和抓住話筒哀哀地嚎哭的最後一個發言者擁抱，這位縣長一味地讀浪漫主義，又過度酗酒造成幻覺，腦子被五個騙子搞昏了。

這篇小說跟殘雪以往的作品很有點不同，但仔細分析，卻又有很多共通之處。首先說不同之處。

殘雪以往的作品多以第一人稱敘述，大多寫一種游離而破碎的精神狀態；這一篇卻不是寫「我」的意識世界，而是一個「我」所沒有參與的荒唐會議，「我」只是一個隱藏的敘述者。

然而，這些不同之處只是表面的，我們可以看出這一篇裏被誇張了的現實，和以往的超現實臆想，有著很多內部的共通之處。

這一篇跟殘雪以往的作品一樣，人物都是不完整的——不管外貌和性格，都是醜惡的，這一篇沒有排泄物、嘔吐之類的渲染，卻直接說真正的藝術家早已絕跡，「當今的世界，似乎是被毒化了」；人物在惡醜以外，都帶點無以名狀的神經質，完全是非理性的，整個小說的世界，也是荒唐得變了形的。

這一篇表面上是意有所指，諷刺空頭藝術家和糊塗頂透的官僚，但如果從另一個角度去看，跟殘雪以往所刻劃的超驟世界對照，不過是另一種陳述方法去表達她內心世界的圖像。

也許，殘雪這篇小說一開始已表明了她的態度：這個世界只剩下一些「細手細腳，賊眉鼠眼，又愛叫叫嚷嚷，鬥智逞強的無賴」，他們「很深地介入世俗生活，庸庸碌碌，見利就沾，不讓分毫」，這分明就是吳亮所說的「從環境論走向惡的人本主義」。

從超現實的夢囈到現實的極度誇張，殘雪大概無意諷刺甚麼，只是在她一手構建的天地裏徹底尋求悖理的快感——那大抵就是一種認真而誠實地遊戲所得到的快感。

還沒有讀殘雪的長篇小說《突圍演出》，但她在一九八五年以來發表的中、短篇，除了〈霧〉、〈布穀鳥叫的那一瞬間〉、〈繡花鞋及袁四老娘的煩惱〉及〈種在走廊上的蘋果樹〉等四篇（根據吳亮在《八方》第九輯所列的殘雪作品目錄，中、短篇共有十六篇），都在她的兩本小說集和雜誌上讀過了。

閱讀殘雪的小說，就我自己的感受而言，起初有若「定向追蹤」，漸漸又發覺裏面不一定有起初預感的定向隱喻，直到最近讀了〈藝術家們和讀過浪漫主義的縣長老頭〉，以及施叔青的訪談錄，就更加相信她的小說有著一種種理性與非理性的糾纏關係，她說她寫作時有一股情緒，「要用很強的理智把自己控制住，控制在非理性的狀態中……」所謂「非理性」，其實受到理智的控制，處於一個極端私我的世界，「有時還故意跟常理、現實相對，來弄一個新世界，就好像到達一個無人的曠野，自己赤手空拳，亂搞一通，得到那種快感。」

如果以這種理智地控制非理性狀態的創作方法反證她的小說，可能會發現從中找尋便溺、嘔吐等污穢影象的隱喻，以至家庭常（父母與子女、妻子與丈夫）的悖理的涵義，大抵都是徒勞的，正如吳亮所言：「殘雪小說中人的變態是無因的，或者說是無外因的。」也許這就形成了她的作品解釋權的開放性——閱讀也可能跟創作構成更廣闊的對話空間了。

〈藝術家們和讀過浪漫主義的縣長老頭〉也許算不上殘雪的佳作，但有助於我們從現實意義倒過來理解殘雪的非現實性。

秋陽似酒及其他

一

那天跟一班朋友在一家地窖酒吧聊天，鄰桌一班洋人彈著吉他、大提琴，都起勁地唱歌，其中一個鬍子有點灰白的美國人大概也覺得太吵了，走過來跟我們做了一個無可奈何的表情，說了一大堆英國人、美國人甚麼的，我們也不為已甚，也放著嗓門高談闊論，反正有點像在吵架的樣子。

我們喝著咖啡，那個灰鬍子美國人不一會又走過去，攤開雙手，友善地說：「請你們不要拒絕，這一巡酒表示我對你們的歉意……」然後，一瓶紅酒送來了，我本來趕著上班，朋友說也來一杯吧，於是一口呷盡才離座而去。

走出大街，咖啡和紅酒也好像抵禦不了急勁的北風，寒流裏當然不免想念和暖的時刻，彈著結他、大提琴起勁地唱歌，無論對旁人有多大的干擾，其實也用不著表示任何歉意，當然，以一巡紅酒表示的歉意可以是例外。歉意如酒，原來也帶有無限美好的友善了。

然後，寒流過去了，這幾天漸漸回暖。在書店看見劉大任的新書，叫《秋陽似酒》，書前有楊牧的序，第一句是「劉大任少年時代寫詩」。最後一段提到與劉大任相知飲酒。書當然不能不買，書名是不能不買的原因之一，更重要的，是楊牧的序，最最重要的，當然還是劉大任，從《紅土印象》到《浮遊群落》再到《杜鵑啼血》，劉大任可沒有教人失望過。

書買了回來，一直擱著沒時間翻，今晨早起，九時許暖和的冬日陽光已經瀉滿一室，這樣子的光景也著實有些酒的意思了，坐在窗前曬了一會兒陽光，想到架上的《秋陽似酒》，連忙拿來讀了一整個上午。楊牧的序最後一段是這樣的：

「我和劉大任相知二十餘年。想起昔日相與飲酒詰難的，座中不乏豪英，『杏花疏影裏，吹笛到天明』。南宋陳簡齋憶珞中舊遊曰：『二十餘年好一夢，此身雖在堪驚！』約莫如是。」

楊牧為同輩文友作序，往往感性蓋過理性，發陳言而具深情，遺舊句而有新意，〈鄭愁予傳奇〉如是，〈張系國的關心與藝術〉、〈林冷的詩〉亦作如是觀，承襲古中國人文信念的文藝復興人，莫不帶有瀟灑的酒意。

二

劉大任在台灣念哲學，到美國攻讀的是政治，據楊牧的〈序〉說：「……不久釣運起，大家心情為之一變，劉大任的參與投入不但使他束書輟學，甚至使他完全放棄了文學創作，進入另一個理論和行動的世界。」讀劉大任的三個短篇小說集，從「慘綠時代」的《紅土印象》，到熱血激情的《杜鵑啼血》，乃至潛沉精緻的《秋陽似酒》，幾乎都可以看不出他不斷地調整思緒和生活意識形態，孤立起看，是三個不同的面貌，轉變得徹徹底底，但千絲萬縷，連結起來，又發覺從一個階段跳到另一個階段，還有有跡可尋，有源可溯的。

也許，比較表面的說法，是《杜鵑啼血》，收錄了幾篇《紅土印象》的舊作，而《秋陽似酒》又收錄了一篇《杜鵑啼血》裏的〈四合如意〉，並且附錄了輯「少作」——這些線索都足以顯示，劉大任踏出新的一步之前，總會留下舊屐痕，展望時常常不忘四顧，正如楊牧說：「他的天地擴大了，往返無非千里，出入便是十年……。」

劉大任從台灣到美國，十年前到非洲——他說：「……由於特殊的機緣，曾在赤道南北的東非滯留了兩年。」跟著著又到過中國大陸，如今在美國，據說在聯合國工作，半生漂泊，《紅土印象》是台灣時代的作品，《杜鵑啼血》裏幾篇血脈沸騰的作品如〈杜鵑啼血〉、〈故國神遊〉、〈風景舊曾諳〉等是中國大陸經驗的累積和傾吐，《秋陽似酒》裏大部分短篇小精緻的作品，卻是美國生活的反思和關心了。

當然，這樣的分劃也不盡準確，《秋陽似酒》裏，也有〈唐努烏梁海〉、〈草原狼〉是台灣或海外華人在美國的激情片段、也有〈女兒紅〉是中國大陸經驗的延續；而在《杜鵑啼血》裏，〈長廊三號〉是台灣——美國對流的、〈蛸〉、〈蝶〉、〈蛹〉場景在美國，卻交織著中國（台灣和大陸）的經驗和情意。

也許，《紅土印象》是劉大任「慘綠時代」的終結，之後，他的兩個短篇集只能憑篇幅和風格作粗略的劃分，無論怵目驚心抑或潛沉雋永，之間還有血緣關係的滲雜。

三

劉大任的《杜鵑啼血》其實只是大半本新書，集內的好幾個短篇如〈紅土印象〉、〈落日照大旗〉、〈大落袋〉、〈前團總龍公家一日記〉和〈刀之祭〉，十多年前就讀過了，那幾個短篇曾收在《紅土印象》中，劉大任在「再出發」的第一個短篇小說集中，為甚麼要收入一些慘綠時代的「少作」呢？

劉大任在〈赤道歸來〉這篇「代序」中，就好像有所交代了。他表面上是寫東非高地的生理現象、感情轉向與乎歷史沿革，也寫蘭科植物在險惡的環境中生存的現象，但結合他自己的文學生涯、感情轉變和政治取向，我們又隱約的覺得，他似乎有意透過一段客居東非的憶述，說明一個人在不同時代、不同環境中生存，總會有意識或憑潛意識「調整自己的基本生活意識形態」。

劉大任選了《杜鵑啼血》作為集名，我相信他自己也對〈杜鵑啼血〉這個政治意識較強烈和敏感的短篇特別喜愛吧。我在《八十年代》讀到這個短篇時，既驚異於小說家不但別來無恙，筆力更覺深沉了；也震撼於小說裏的一個風起雲湧的年代，以及那年代留下的傷痕和教訓。劉大任在「代序」中說：「無論小說人物出現在任何特定的時間環境，將來，總有一天，都將還原為他們的本質——人」，在今時今日「難免不被讀成某種不相干的政治信號」，「忽而左了忽而右了的議論」終於都會塵埃落定，也必然會被時間梳理出一個不容偏倚的面貌。

有一些小說家，在「再出發」是會給人一個「再非舊時人」的感覺，年輕時喜歡叢甦的《秋霧》，讀到他的《中國人》卻不免失望，但劉大任卻剛相反，他甚至把幾篇「少作」放進集子裏，給人一個參照，作為「再出發」的見證——重讀書中的新舊作品的時候，就不免生起一份「風景舊曾諳」的情懷，看著小說家由一個歷程走向另一個歷程的沿途風景。

四

楊牧為《秋陽似酒》寫序，第一句就說「劉大任少年時代寫詩」。然後從詩說起，說劉大任「寫了不少這樣的詩，應該就是散文詩之類的，接近魯迅〈影的告別〉那傳統，和六十年代商禽用功的散文詩不太一樣，可是又好像比魯迅他們要飄搖些，總是靈性十足。無論如何劉大任的散文詩從來不缺乏一個事件，某種情節；每當我們調整角度觀看的時候，都會發覺那散文詩其實駸駸然有短篇小說的意思。」楊牧認定詩是文學的極致，為劉大任的小說拉上詩的血緣關係，用心是可以理解的。

如果說「雋永綿密，有餘不盡」就是劉大任小說為我們所兌現的詩的承諾，大體上是可以同意的。然而《秋陽似酒》顯然更接近劉大任努力開拓的小說傳統——他從慘綠少時代一直吸引著我的，始終還是小說，而不是詩。「秋陽」只是「似酒」，帶不帶酒的辛辣，飲者自知；近詩的小說，恐怕還是結合小說的血緣關係比較恰當。寫得「綿密雋永」的《秋陽似酒》，雖則一氣呵成，展示劉大任小說風格的詩化和圓熟，提供了新的可能，但集中的短篇，我寧取生命較為旺盛的〈唐努烏梁海〉、〈且林市果〉、〈王紫箕〉那一類散文化一點的作品。

〈王紫箕〉是羊齒植物之一種，名稱來自薩克遜語，意指北歐神話中的雷神陀耳。這個短篇只有兩個人物——父親和兒子，父親是「中國人」、兒子則是「美國人」，兒子打開《北美洲野生植物圖鑑》，指著一段話：「……有羊齒植物扮演著生態演化的先鋒角色，札根在露空岩塊的罅隙、泥炭沼澤和濕地裏，為森林植物被的最終出現，創造條件……」兒子問：「爸，為甚麼你不參加家長會？為甚麼我們從不跟鄰居來往？為甚麼他們德國人、瑞典人、愛爾蘭人、黑人吃美國菜，我們中國人，為甚麼老吃中國菜？……」

父親照倒有一個答案：「我們來做筆生意，怎麼樣？你讓我做我的中國人，我也讓你做你的美國人，好不好？」生命的演化總是那麼奇妙，劉大任小說所關心的，正是演化的血緣關係。

蔣子丹 一二三

一

很高興讀了湖南作家蔣子丹的小說集《昨天已經古老》。湖南這些年來的確出了好一些優秀的小說家。眾所周知，沈從文是湖南人；古華、韓少功和殘雪也是。還有何立偉（《小城無故事》）、徐曉鶴（《院長和他的瘋子們》）和蔡測海（《母船》），都是湖南人。

新時期小說家大都重視語言，湖南幫好像尤其如此。《昨天已經古老》附有小傳：「蔣子丹，女，一九五四年生於北京，九歲隨父母回祖籍湖南。高中畢業後當過臨時工、話劇演員、出版社校對員及文學編輯。閱歷與同齡人比上不足比下有餘，自小志願讀名牌大學，然始終與大學無緣。」

她對文學的想法，大概可以用下面的兩個小片段來概括：

以自然為最高境界，無論為文與為人。
最喜愛的一句格言是：道高一尺，魔高一丈。

既推崇「自然」，又相信「魔高一丈」，當中大概有些甚麼，把兩種想法揉合一起。就從西西推荐的〈今夕是何年〉說起吧。

西西推薦這篇小說，大抵跟小說裏的會話處理手法有關吧，西西也喜歡採用形式比較鮮活、不一定是線性發展、幻想和現實交纏的會話。〈今夕是何年〉第一句說：「我不知道在月台上發呆的這個男人就是我」。

這句話把「我」分成兩個部分，一是「我」，一是「他」——月台上發呆的這個男人。起初「他」只是存在於「我」的思維裏；到了中段，「我」和「他」都存在於一個也許是幻想、也許是假設的處境裏；到了最後，「他」和「我」一起回到甚麼事也不曾真正發生過的時間起點，「他」消失了一會兒，又在「我」的身後的暗處出現。

這就是西西所說的「三文治」式結構，在中間那一段，出現了大量幻想的或假設的會話，有時是「我」和「他」的對答，有時是「我」和「他」搶著跟一個女人、女人的女兒、女人的丈夫說話。

蔣子丹所說的「自然」，是指特定處理裏的思維，可她的寫法卻滿有「魔」力。

「我不知道在月台上發呆的這個男人就是我」，這句子有點奇詭，似乎也頗費解。有一次跟兩位朋友聊天的時候，忽然聽見有人在背後跟我說話，於是就想起這篇小說，想著：我不知道在背後寒暄的那個男子就是我。

我的版本可沒蔣子丹的那麼詭異，也沒有她的那麼真實，只是一次有趣的角色異化經驗。當然，如果真相拆穿了，就不大有趣了。倒也想起顧城的一首詩：

你
一會兒見我
一會兒看雲
我覺得
你看我時很遠
你看雲時很近

那是空間感知的變異。時間和空間在變異的感覺裏可以自由伸縮，也可以自由分割和連接，在背後跟「我」談話的人，大概覺得背後的「我」比較近——即使那只是雲，只是空氣，或甚麼也不是的空無。

「我不知道在月台上發呆的男人就是我」，也是時空的變異，「我」感覺那個在月台上發呆的「我」很遠，以至相看兩不知。我的經驗儘管不見得有趣，然而，因為並不有趣的經驗而聯想到孫紹振的理論，又彷彿有點類觸旁通的感悟了，這感悟本身於是多少有點趣味了。

見山是山，見水是水，然後見山不是山，見水不是水，最終依然見山是山，見水是水，這種「是」和「不是」的變異，孫紹振認為那是主客體分合關係演變的三個歷史階段。「我」如果是另一個主體眼中的客體，「我」是不是「我」，正如山不是山，水不是水，並不是由「我」或者山水來決定的。

如果我說：「我不知道在背後寒暄的那個男人就是我」，那意思就是說，無論我怎樣想，我覺得有趣還是沒趣，我已經是一個在變異中的客體，只好讓故事繼續發展下去，讀者就只宜從旁解讀，不宜強加插敘了。

時空和邏輯的變異，其實都不免人的感情思想的變異，具體成抽象的名字，那恐怕價值觀的變異了。

二

韓少功給《昨天已經古老》寫序，其中一段是這樣的：

……如果說蔣子丹曾經歷了「寫得像女人的」的最初境界，那麼，庶幾乎「寫得像男人」則是她難得卻並非圓滿的第二境界；今後，她也許還將進入「寫得又像女人」的更新境界……我只能說有一些達到這境界的女作家，比如中國的李清照、英國的夏綠蒂．勃朗特，美國的那位「家庭婦女」——狄金森。而這些作家以她們特有的魅力，以她們在〈路右邊，第一〇三個墓碑〉裏，蔣子丹寫一個叫做藍鈿的女子，答應丈夫在清明節那天去掃丈夫前妻的墓：「江南。仲春。一陣濕潤的風吹過，黃梅下下起來就沒個完。清晨。雨絲和殘夜織成的迷迷濛濛的幔」，在段與段之間，用上了「哦，清明節，好個叫人憂傷的時節」、「哦，清明節，好個惹人煩惱的時節」、「哦，清明節，好個催人斷腸的淒涼的時節」等等約略因陳濫而顯得鬆弛，不大有血色和彈性的文字。

蔣子丹的第一篇作品叫做〈猴爺爺〉，她寫道：「每當我回憶童年的生活，猴爺爺的形象總是第一個從五光十色的記憶裏，跳到我眼前來。」她開始回憶「那是個江南少有的寒冷的冬天」，一個衣衫襤褸、大冷天光著腳、只穿了雙破草鞋、頭髮幾乎全白了，又黑又瘦的老頭兒坐在破爛不堪的小行李卷上，他的棉襖裏有一隻小猴子，他就是猴爺爺了，小猴子叫毛毛，好寫猴爺爺的正直和毛毛的機靈，猴戲耍得熱鬧好看，後來給警察欺凌毆打，毛毛死了，猴爺爺走了，好最後說：「只有在我的心裏，他們的影像卻怎麼也磨不掉……」

這些大概就是韓少功所說的「寫得像女人」的最初境界，「寫的是女人感喟中的丁香花和故鄉明月，那完全是一捧朦朧而輕柔的幻想和感情」。

後來，蔣子丹其後陸續撰寫了〈出國演出隊名單〉、〈話說老溫其人〉、〈橙紅色的黃昏〉這幾個短篇，「作品中愈來愈多地打進了理性的、功利的、社會的新元素」，寫得像男人了。

我們也許不同意韓少功所舉列的「三分法」——寫得像女人、寫得像男人、寫得又像女人，這種以性別作為境界特徵的劃分方法，說得再動聽，恐怕也不大可靠。

然而我們讀蔣子丹的小說集《昨天已經古老》，卻約略地同意她的確經歷了三個境界，早期寫故鄉的小毛猴、傷感的清明節，層次實在不高；其後著意批判官僚制度、社會庸俗勢力，已顯露出她的敏感和理性：到了〈野愛〉、〈今夕是何年〉、〈昨天已經古老〉、〈黑顏色〉這幾篇，才漸入佳境，開展了由奇詭的語言和豐富的想像所構成的新境。

在〈出國演出隊名單〉裏，蔣子丹顯示出她擅於說故事的特色：A市雜技團出國演出的名單定好了，上報北京了，團長正要舒一口氣，市文化局長打了個電話來，用表面民主而關懷的口吻暗施壓力，說要補入軍區司令員的兒媳金薔——她是魔術明星，生了孩子，產假一請就是兩年。

加一名團員就得刪另一名，於是，團長擬了電報，向北京要求換人，魔術燕玲玢改為金薔，蹬技徐小曼改為燕玲玢，徐小曼除名。

可是，改動了演出隊名單引起公憤，團員罷練，燕耐玢主動要求讓位給被除名的徐小曼，於是，團長再拍電報到北京：「雨午發出的電報有誤，現更正如下：魔術由燕玲玢改為金薔，蹬技徐小曼不變，燕玲玢除名。」

請假兩年的金薔回團參加排練，豈料「撲克牌出手就沒插住，先弄了個滿地開花」，「那些站台子的助手，也像有意跟她為難，遞道具總是不按節奏，不是早了便是遲了，甚至把東西遞錯」，她覺得自已被排斥，悄悄離開，下午打電話給團長，說她不打算參加出國演出了。

團長於是又拍電報到北京：「我團以前兩次電報所報人員方案均作廢，全體人員按原名單不變。有關詳細情況，本團將作出書面檢查。」

繞了一個大圈，鬧了一場又一場風波，拍了三份電報，結果是甚麼也沒有改變，「於是，前邊的故事都成了廢話」。

這篇小說的結構跟〈今夕是何年〉相近，在表現手法乃至思維方法上，卻各異其趣。兩者其實都是一場文字遊戲。她往往繞了一個大圈子，有時奇詭，有時鋪張，有時充滿嘲諷或者省悟，到了最後，才告訴你：其實甚麼也不曾發生，前邊所說的都是廢話。

可是，在情節邏輯上，她的故事儘管只一場荒誕的遊戲，最後每每回到原來的起點，但間中的過程有時是主觀的幻想或假設，有時是高潮迭起的鬧劇，教人深思，在甚麼也不曾發生或者發生了的只是廢話情況下，她設下文字遊戲的陷阱，裏面有深沉的空漠感——沒有甚麼，卻又瀰漫著呼吸、呵氣、回聲和陰沉……也許還有涓涓流逝的光陰。

三

初讀蔣子丹的〈黑顏色〉和〈沒顏色〉，覺得她像劉索拉一樣愛玩，又像祖慰那樣帶有怪味。可想深一層，她既不像劉索拉也不像祖慰，只是介乎兩者之間，在遊戲裏探求一點點生命的荒誕與無奈。

〈黑顏色〉寫一個老是用藍色填滿一切需要表現出黑色地方的美術學院女生，跟同學目睹一宗荒誕的車禍，由於她不懂得如何表達自己的想法，糊里糊塗，陰差陽錯地被指控為車禍的主要肇事者之一。

有人說好對司機揮手，說一聲Hello，而司機也一揮手就OK，跟著司機的車就翻了。好未經審判就被拘留了十五天，獲釋回家，看到一張半個月前的晚報，刊出了那場車禍的消息，標題擬得很出格：「如沉溺於愛河的紅男綠女們一記警鐘」。

消息的大意是，一位陷入熱戀中的司機，在開車途中遇見了女友，竟然不顧路旁急坡陡，車速飛快，撒開方向盤揮手致意，以致車毀人亡。

車件之後，好上人物肖像寫生課，教授說為了表示歡迎她回去，特地選了淡藍色的背景布。她的色彩感忽然空前之好，把背景全塗了一層黑色作為底色。

這張畫給教授記了零分，然而她卻送了它參加畢業畫展，竟意外地得到特等獎，接著還參加市美展、省美展、全國美展、國際油畫展，標題被改為《永恒》。這篇小說的荒誕感和顛倒感，詭異地不斷升級。

也許〈黑顏色〉讓蔣子丹玩得意猶未盡，於是寫了續篇，叫〈沒顏色〉。

〈沒顏色〉講述那個美術學院女生拿了國際大獎，本科畢業，當了教授的研究生。一向對她苛刻的教授竟然對她說：教學應該以你為主，你說怎麼上課就怎麼上。她說對康定斯基（Wassily Kandinsky）的即興之作最感興趣，因為那是不拘形式的藝術，教授就說，唔……那就行了，我們今後的教學也可以不拘形式。

她充滿創作的激情，不多久，她意識到假如再畫下去，「不光有著把全樓的同學都擠到別處去的危險，有朝一日說不定它們會災難性地覆蓋整個地球」，她的大量作品中，有下列的得意傑作：

《我的貞節觀》——往白畫布塗了不下十罐白色顏料；

《噗嗤》——全黑的畫布塗了十罐黑色顏料，還戳得一個不甚規整的窟窿；

《黃金分割》——半邊白半邊黑，中間是一條參差不整任意銜接的界線；

《即興X號》——被擰成了麻花的自行車前輪；

《即興Y號》——材料是人肉，把給蚊子咬了一串疙瘩的大腿皮肉割下來，釘在畫布上，並精心配以底色。

她被封為學院裏現代派的尖子——那是相對學院裏的民族派領袖而言。民族派領袖是一位男生，他自備汽水召開現場演講會、免費贈送五彩門神和低價出售各式窗花來換取虛構的繁榮。

後來，現代派尖子各民族派領袖談起戀愛來了，並且約定以一個暑假互相考察對方的藝術源流，現代派尖子到大山裏尋道，民族派領袖裏死啃一批書和畫冊。假期結束了，兩人見面時擁吻，吻得心頭打顫，現代派尖子宣佈：「我打算改行研究民間藝術。」

她掏出師傅指點她剪出的黃毛紙老虎，激動得喘不過氣來。

民族派領袖宣佈：「我已經開始鑽研達達派藝術。」他展示他的新作品——一大堆廢物製成的拼貼畫，興奮得血壓升高手冰涼。

蔣子丹這個玩笑開得有點失控了，她既嘲諷現代派，也取笑尋根派，各打五十大板，也許抓著了某些形式主義的癢處，痛快是痛快了，可對被打的兩方都好像不算公平。

「纍纍」——話說陳映真與香港

第一次讀陳映真的小說，是在一九七二年——《四季》第一期，刊有四篇小說，兩篇來自台灣，一篇叫〈纍纍〉（另一篇是黃春明的〈把瓶子升上去〉），作者署名陳南村，忘了是誰告訴我，陳南村就是台灣小說家陳映真，在火燒島坐牢。火燒島就是綠島，在那兒坐牢的，都是政治犯。差不多同一時期，《陳映真選集》在香港出版，收錄了十八篇小說和三篇評論，那是作者的第一本小說集，列為「小草叢書之七」（之八是七等生的小說集《僵局》）。

《四季》的編者是也斯，《陳映真選集》的編者是劉紹銘，據知兩人當時都不認識陳映真。那是三十二年前的事了，兩位編者斯時大概都想不到，一個短篇和一本選集會為陳映真與香港讀者締結超過半輩子的因緣。

陳映真其後撰文記述〈一本小書的滄桑〉，所記的正是小草版《陳映真選集》——他在獄中接到四弟寫得隱晦的信，才知道第一本書在香港出版了，出獄後四年再被拘捕，這本小書也被扣押了三年：「……如果有人問，為甚麼我總不能把文學僅僅當做流行時潮的遊戲，總是把文學看成對生命和靈魂的思索與吶喊，從這本小說的滄桑，或者就能找到答案的輪廓吧。」

還記得〈纍纍〉的一些細節：魯排長想起很多年前（怕有三十年吧）在上海的一張募兵招貼，說「……結訓後一律中尉任用。」這個魯（老）排長又想起滿澡堂裸露的老老少少的男體，和他們「纍纍」的男具，「活著的確據莫大於他們那纍纍然的男性的象徵、感覺和存在。」

然後又想起戰亂時走過一片曠地，「一陣風挾著十分濃重的腐臭撲來，才知道遍地都是死屍。」死屍都裸露著，「那些男性的纍纍然的標幟卻依舊很頑張的。」那是陳映真的早年作品，論氣魄遠遜他後期的力作，然則生者與死者的「纍纍」對照，三十二年後的今天仍無法忘懷。

陳映真原名陳映善，映真是他孿生胞兄的名字。這個胞兄在七歲時「肚子痛」，不多久使夭亡了。他第一次嘗到死亡之痛苦，用亡兄之名作筆名，是因為「這樣，我們就一起活著」。這大概也是生者與死者的「纍纍」對照吧。

近些日子香港有些人熙熙攘攘的談論「愛國」，大多談論得非常不痛不癢。這時陳映真（及陳映善）正好在港擔任浸會大學駐校作家，他並不是第一次來港，但願也不是最後一次，對這等病毒似的「纍纍」噪音諒有免疫力——是的，他的老讀者都相信，他極有資格免疫。

洪水故事

經歷了長年的大雨，攤棚中的商品都殘缺不全，布門簾長了瑰塊霉斑，櫃台被白蟻蛀壞，牆壁遭濕氣腐蝕，可是第三代的阿拉伯人跟祖父和父親坐在同一個地方，姿勢完全相同，沉默、勇敢，時間和災禍都動不了他們……他們面對賭桌、油餅架、射擊廊、解夢和預言巷的殘跡，精神十分堅毅，奧瑞里亞諾・希岡多（Aureliano Segundo）照例不拘禮俗，問他們靠甚麼神秘的方法免受暴風雨侵害，他們怎麼沒淹死，挨家挨戶一個問，他們都露出狡猾的笑容和如夢的目光，事先未商量卻說出了同一個答案：「游泳啊。」

在《百年孤寂》（*One Hundred Years of Solitude*）裏，馬孔多（Macondo）經歷了哥倫比亞內戰、西班牙殖民和美國商業的入侵，以及豪雨的浩劫。洪水是天災，比之許多人為的侵擾更具體而微地改變了人和人、人和世界的關係。世界變得殘缺不全，沒有給洪水淹死的人勇敢而沉默，可是對生命、對愛、對許多曾經執著的，都漸漸幻滅了，對世界的看法也改變了。

耶和華囑咐諾亞用歌棐木方舟，伏羲和女媧兄妹躲進葫蘆裏，在劫者都得以在洪水裏逃生。洪水淹沒大地，那是神的意旨，但人總要生存下去的，諾亞和他的家人得以生還，是得到神的恩寵，伏羲、女媧兄妹免於淹死，卻是人的掙扎，也是人對神的反抗。馬孔多的居民免受暴風雨侵害不靠甚麼神秘的方法，他們沒淹死，答案只是「游泳啊」那麼簡單。

洪水過後，人生存下來，可是世界改變了，人也得改變求存。伏羲、女媧兄妹成親，繁衍下一代，人倫的關係改變了；馬孔多家族也出現了亂倫、癡戀、縱慾等殘缺不全的愛。人的身分改變了，道德觀念不再是人的思想行為唯一規範，我們想起了另一個洪水故事，想起李龍第怎樣成了亞茲別。

那是七等生的〈我愛黑眼珠〉，李龍第抱著一個生病的女人，產生了一份變形的情感，他的妻子隔著洪水，在對面的屋頂向他招手，但他默默地說道：「這一條鴻溝使我不再是妳具體的丈夫。」懷裏的女人問他叫甚麼名字，他說「亞茲別」。

「那個女人說你是李龍第」。「李龍第是她丈夫的名字，我是叫，叫亞茲別，不是她的丈夫。」

洪水一方面像許多人間的變亂劫禍，從現實和幻覺的視界裏改變了個人對世界的觀感，改變了個人的身分和人際關係；另一方面又把人和世界帶到一個混沌的神話模式裏，使人按照各種主觀或客觀的意念，重新建構人與世界的秩序。

如洪水實體化為一場戰爭，李龍第和妻子相隔的是三十多年前的深圳河，故事就可能了無餘味了，可能只是一個曾經流行的表哥表妹在戰亂中年散的故事。洪水暴發的時候，常常把現實帶一個孤寂的夢境，交織成一個似真似幻的世界。

鬍子為甚麼有臉

一

為甚麼抽屜有桌子？為甚麼尾巴有魚？為甚麼鬍子有貓？為甚麼影子有松樹？為甚麼雲彩不寫信？為甚麼郵票不喝啤酒？有一個孩子不停地提問，問題很多，大人頭都痛了。他長大了，臉上長了鬍子，於是他問：為甚麼鬍子有臉？

為甚麼鬍子有臉？可不必問西西，她會說：去問意大利人羅大里（Gianni Rodari）吧，寫了七十一個像「鬍子為甚麼有臉」那樣的童話，叫做《電話裏的童話》（*Fairy Tales Over the Phone*）——爸爸出差，每天晚上打長途電話給家裏的小女兒，講一個童話，講了七十一天。

羅大里說：有一個人想偷走羅馬圓形劇場，他提著提包，每天偷一提包劇場的石頭回家，堆滿了地下室、走廊、沙發、衣櫃、籃子、床底，廚房、浴盆……他偷了很多年，可是圓形劇場還是矗立在那裏，連一扇拱門也不缺少。

可他不氣餒，相信總有一天，別人只可從明信片上欣賞圓形劇場，因為整座劇場都在他家裏了。

他頭髮白了，圓形劇場依然壯麗，他聽見一個又一個小孩在那兒喊道：是我的！是我的！終於明白劇場是「我們的」，不是「我的」。

羅大里說：一隻小蝦不停問道：「為甚麼蝦都要朝後退走呢？」牠於是學習像青蛙那樣朝前走，到處亂撞，弄得遍體鱗傷，終於學懂了，卻被爸爸責備：生而為蝦，就該像蝦那樣走路。

但小蝦覺得自己沒錯，使離家流浪去了。青蛙見牠朝前走便嘆說：世界都顛倒過來了！小蝦只管走自己的路，年輕時也試圖朝前走的老蝦勸牠：孩子，現在回頭還來得及。可是小蝦心裏想：我沒錯。牠繼續按自己的方式走路。

羅大里也總是按自己的方式說故事：動物園的猴子們都想透過旅行接受再教育，牠們走啊走的，停下來休息時，一隻猴子問：「你看見甚麼了？」另一隻答道：「獅子籠、海豹池和長頸鹿房子。」

牠們都同意：「世界多麼大，旅行是多麼好的教育啊。」

牠們繼續走啊走啊，走累了，一隻猴子問：「為甚麼還是長頸鹿房、海豹池和獅子籠？」另一隻答道：「世界多麼奇妙，旅行是多麼好的教育啊。」

牠們繼續走啊走啊，到太陽下山才停下來喝水。一隻猴子問：「還有甚麼好看？」另一隻答道：「還不是獅子籠、長頸鹿房子和海豹池麼？」

牠們都同意：「世界多麼枯燥，總是看同樣的東西。旅行的教育太悶了，甚麼用也沒有。」

鬍子為甚麼有臉？沒有人說得準。學者發現，老愛發問的人從小就習慣將襪子反穿，因以不能提出正確或政治正確的問題——比如那個把圓形劇場偷回家的人，可不就是妄想把山移走的愚公麼？比如那些還沒有走出籠子的猴子，像迴轉木馬那樣在籠子裏繞圈，就以為自己在旅行、在接受再教育。

羅大里還是贊成孩子提問的，小蝦還是要問：「為甚麼蝦都要朝後退著走？為甚麼不能往向走？」牠不介意世界顛倒過來了，從不迷信老蝦的經驗之談，牠走得遠嗎？不正確的事情都能糾正過來嗎？

羅大里說：我不知道，不如再說一個故事吧——

從村子出來有三條路，第一條通向大海；第二條通向城裏；第三條甚麼地方也通不了——那是世代相傳的說法，可沒有人走過第三條路。一個孩子走通了，把新世界的東西帶回來；村民於是都向第三條路出發了，可甚麼也找不著——為甚麼？不知道，也許只有孩子才看見成人所看不見的新世界吧。

二

為甚麼抽屜有桌子？為甚麼尾巴有魚？為甚麼鬍子有貓？為甚麼影子有松樹？為甚麼雲彩不寫信？為甚麼郵票不喝啤酒？有一個孩子不停地提問，問題很多，大人頭都痛了。他長大了，臉上長了鬍子，名字就叫「鬍子有臉」。

西西告訴所有從小就習慣將襪子反穿的孩子，故事永遠是「頭生」的——可千萬不要誤會「頭生」的意思，那不是「初生」，而是指從「頭」顱裏「生」成出來的東西，亦即德國作家君特・格拉斯（Gunter Grass）所說的 headbirths。

從小就習慣將襪子反穿的孩子都好問，因以不能提出正確或政治正確的問題——西西或羅大里的故事說，這些孩子（或老長不大的孩子）不僅僅好問，他們的腦袋裏還總是有著許多禁止不了的異想——「鬍子有臉」可不是第一個，也不可能是最後一個。

不妨告訴這些孩子們，「頭生」的世界是萬有的，有「巧克力馬路」（去舔一下就知道了），也有「糖果雨」（就像一顆顆冰雹嘩啦啦灑下來），也有「奶油人」（站在太陽底下就會化了），也有「冰淇淋樓房」（房頂是乳酪做的，煙囪裏冒出的煙是糖，冰淇淋門，冰淇淋牆，冰淇淋家具）……

當然還有一個因貪吃而消亡的王國：貪吃一世叫「能消化」，二世叫「三把勺」，三世叫「大拼盤」，四世叫「帕爾馬煎肉」，五世叫「餓死鬼」，六世叫「狼吞虎嚥」，七世叫

「還有甚麼」（他連鐵造的王冠都吞吃了），八世叫「奶酪皮」（他把桌布吃掉了），九世叫「鋼牙鐵嘴」（他把國王寶座連同所有的座墊都吃光了），這王國再沒有東西吃了，從此就滅亡了。

這是童話嗎？將襪子反穿的孩子也許會反問：可不可以吃一件核電廠？可不可以吃一隻i-pad 2？可不可以吃一匹茉莉花？可不可以吃一口像爛蘋果那樣的地球？

不妨告訴這些孩子們，「頭生」的世界是萬有的，也是烏有的——因為有時童話是顛倒的：

從前，
有一隻可憐的小狼，
提著籃子，
給外婆去送晚餐。
他走進一片樹林，
裏面漆黑昏暗，
可怕地碰上了小紅帽，
肩上挎著火槍，
好像騎兵強盜……
接著會發生甚麼事，

你們自己猜猜看。
有時候童話裏，
會發生相反的事，
那就成了災難：
白雪公主棒打
森林中矮人的頭；
睡美人睡不著，
王子娶了個醜姑娘；
灰姑娘的繼母非常高興，
因為可憐的灰姑娘沒有嫁人，
一直守在鍋臺旁。

就讓「頭生」的異想去顛覆所有經典吧，只有這樣才可以讓孩子們徹底明白，經典原著有多好。

西西或羅大里的故事說，「頭生」的世界是萬有的，也是烏有的——大人們也犯不著為那些把甚麼都弄壞了的孩子而整天感到不安，那就不如給這些孩子蓋起一座可以拆的樓房吧，然後交給每個孩子一把錘子，要他們把它打成碎塊。

只有貓尾巴那麼一點高的孩子們，向一個個像巡洋艦似的大立櫃進攻，直到把大立櫃一點點地砸成了一堆堆刨花才罷手；幼兒院裏可愛而又漂亮的小天使們，穿著自己玫瑰色或天藍色的小圍裙，也非常勤勞地把茶具搗碎再研成粉末，然後像搽粉那樣搽在臉上。

直至這些「破壞王」都累了，才發覺這遊戲原來一點也不好玩——這是童話嗎？將襪子反穿的孩子還是會反問：可不可以拆掉一朵花崗岩腦袋？可不可以改寫一畝歷史的斑馬？可不可以讓一匹時間的瀑布倒流？

小說與電視劇

一

香港電台製作的「小說家族」，大部分都看過了，不同風格的小說改編成不同風格的電視劇，而且都是本地作者的作品，而且拍得那麼有系統（相對零零散散、毫無系統的改編而言），大概還是破題兒第一次，而這第一次實在是兩種媒介之間非常有益的、比較深入的、並且在比較完整的組織策劃下的對話。

小說的讀者看電視劇的時候，大概會比較兩者的異同。也許由於先入為主，也許小說不那麼受時間和製作條件的限制，也許由於對原作者的文字技巧和行文風格有所偏愛，大部分小說讀者都認為原著比電視劇好。

然而，如果從電視劇的角度出發，考慮到較長篇和較短篇的文藝作品，都得要剪輯成長度和播映時間相若的電視劇；考慮到文字的限制遠比電視劇寬鬆，以及兩種媒介的不同表現方法等等問題，就可能覺得電視劇其實已經拍得相當不錯了。

這裏無意替電視劇說好話，也不一定是採取同情電視劇的態度，只是覺得討論一個媒介的表現或表現能力的時候，應該先考慮該媒介的特質和侷限，才可以透過它的特質看它的優點和缺點，同時透過它的侷限來調整也許是一廂情願的苛求。

比如西西的〈像我這樣的一個女子〉，如果羅卓瑤按照小說從女主角在咖啡室等待男朋友夏的到來開始，以夏帶著一束花到結束，中間女主角的大量內心獨白，就得要運用大量「閃回」來倒敘，也許還要配上大量畫外音了。

這篇小說談到愛情、人性的韌強和脆弱，談到怡芬姑母的男朋友捨她而去，最後以「在我們這個行業之花朵，就是訣別的意思」呼應，是一個投射宿命又有所期待的開放結局，這些比較抽象的或暗喻的內容，小說擅用文字及語調來表達，卻不一定是影像所能勝任的。

電視劇擅用影像——甚至是原著所無的強烈影像，勾劃和烘托女主角的內心世界和生活處境，本身獨立而完整，並且由於改編得比其他各輯更徹底，就似乎更能與原著進行不同媒體的對話。對話，不一定是和應，辯論的噪音和不同立場的獨白其實是可以並存的。

二

西西的〈像我這樣的一個女子〉，跟辛其氏的〈真相〉，最基本的分別在於前者的語言側重情態，而後者相對地較著重情節，比較小說與電視劇的同異，前者異多同少；後者同多異少，大概可以從這個角度進行討論。

在〈像我這樣的一個女子〉這篇小說中，「我」的獨白穿插著大量的回憶和想像，比如以下的片段：

「是因為我並不害怕，所以怡芬姑母選擇了我作她的繼承人。她有一個預感，我的命運或者和她的命運相同，至於我們怎樣會變得愈來愈相像，這是我們都無法解釋的事情，而開始的原因卻是由於我們都不害怕……」

「我並不害怕，但我的朋友害怕，他們因為我的眼睛常常凝視死者的眼睛而不喜歡我的眼睛，他們又因為我的手常常撫觸死者的手而不喜歡我的手。起初他們只是不喜歡，漸漸地他們簡直就是害怕了……」

這些理念的、推理的語言形式，即使以電視劇的影像形式表達，恐怕也得要通過大量獨白體的畫外音來加以解說：另外，「我」要對夏考驗，不向夏解釋工作情況，是要觀察夏的反應，「如果他害怕，那麼他就是害怕了。如果仔拔腳而逃，讓我告訴我那些沉睡的朋友：其實一切就從來沒有發生。」這些假設的概念和意識，也恐怕不是電視劇的影像所能適體詮釋的。

西西的小說以借喻（鮮花、死者）、想像（夏的反應、愛的剛強、堅韌和脆弱、柔萎）等語言藝術特質，表現特定處境裏的情態，相對而言，情節不太強，改編為電視劇，轉化為視像的表演形式，異多同少恐在所難免。

〈真相〉剛好相反，辛其氏的小說有大量的情節，姊妹間的恩恩怨怨有極細緻的事件來鋪陳，程雲從小就跟孿生姐姐程雨爭一瓶奶、一碗飯、一個蘋果、一件破衣裳，在家裏爭長輩的寵愛，在學校爭成績和歌舞劇的小角色，後來妹妹爭奪了姐姐的男友，得不到他也要毀滅他，那麼豐富的細節可供電視劇改編，而且情節都適宜於以影像表達，善惡的對比更在一人飾兩角的表達形式中得到更完整的詮釋，同多異少，基本上是可以理解的。

吃糖和小說

在墨西哥的鬧市中，如果你大聲叫一句：「胡安（Juan）」，街上有一半的路人可能會朝你望去，因為胡安在墨西哥是一個極普遍的名字，單是寫小說的胡安，就有好幾個了。墨西哥的胡安就好像中國的阿華、阿強和阿明，或者英美的John和Jack一樣普遍。

那麼，我實在很想知道，西西在〈墨西哥可可糖〉裏所提及的那個胡安，「在瓜達拉查拉的一條小巷尾尾，擺了一個小攤子」，賣可可糖的那個胡安，是不是寫〈我給你說真話〉（I'm Telling You the Truth）、〈和魔鬼訂契約〉（A Pact with the Devil）和〈Baby H.P.〉的那個胡安？

我猜多半是的。西西寫的那個胡安，全名叫胡安·何塞·阿列烏拉，而在〈我給你說真話〉這篇小說裏寫「駱駝穿過針孔」的那個胡安，全名叫胡安·何塞·名萊奧萊（Juan José Arreola），發音極之相近，應該是同一個胡安吧。

聖經說：駱駝穿過針孔，比富人進入天堂還要容易。阿萊奧拉在〈我給你說真話〉這篇頗有科幻趣味的詩化小說裏，說到科學家要富人募捐，贊助他研究一項發明：將駱駝化作電子，讓牠得以穿過針孔，然後還原——小說寫得荒誕生動又有趣，妄圖用科學和金錢改變真理，可不是一個可笑復可悲的故事嗎？可不是一個過癮又顫慄的故事嗎？

美國貨品大量湧入墨西哥市場，阿萊奧拉對這種「經濟侵略」的本質洞悉甚深，他創作了〈Baby H. P.〉這篇小說，教舉國為之震撼，他沒有大聲疾呼，也沒有空喊國人用國貨的口號，他只是寫道：美國生產了一種配戴在幼兒身上的器械，從幼兒每日的伸屈踹轉等活動過程中吸取能量，變成電力，就足夠供應全家電力需求；那麼孩子會不會觸電身亡？不用怕，美國最大的製造商給用家簽發一張質量保險單，只要按說明書要求一字不差的去使用，保證萬無一失。這同樣是一個荒謬而過癮的故事，卻使人想得很深遠，讀下去就讀出一股反抗的衝動了。

至於西西的〈墨西哥可可糖〉，教我們吃一種硬骨頭糖果的方法，可不像吃巧克力般輕鬆；讀阿萊奧拉的小說，也像吃硬骨頭糖果，急不來，拗不斷、咬不碎、鑿不開、敲不破，可是耐心點吃，始終吃出滋味來了。

說話

一

一幅漫畫問：為甚麼鴨子的腳那麼短？為甚麼鶴子的腳那麼長？問得有趣。於是想起四十年前唸小學，上《說話》課，課文也有此一問：誰的尾巴長？誰的耳朵大？課文的答案是這樣的：小老鼠的尾巴長，小白兔的耳朵大。那時在一所私塾接受啟蒙教育，每天都要背書，背十二條校規、背《說話》、背《國語》、背《國文》——《說話》教小孩子說國語（那時還不大流行「普通話」這提法），也教小孩子透過一種比廿六個英文字母還要陌生的語言，去認識詞語和事物。

至於《國語》和《國文》，是兩種各司其職的語文教育。《國語》教的是語體文，由「店、村、城、街」、「秧、麥、菜、稻」等等單字，教到「門前一道小河流／兩岸種著依依的垂柳——／風景年年依舊／只有那流水啊／總是一去不回頭」那樣的「新詩體」短文；《國文》教的是文言文，記得其中一課，說風、說火、說山、說林，起首都說：「余亦巨人也——」

說回那幅漫畫，答案是這樣的：自然的長，不算太長；自然的短，不算太短。鴨腳短，不能把它接長；鶴腳長，不能把它切短。那是說：長和短是相對而不是絕對的，相互為用，當中總有自然的道理。

童年時只知背書，對於背誦過的字詞不求甚解，廣東話叫做「唸口杆」，很多事情，以及事情背後的道理，是後來才漸漸明白的。

二

一九五〇年，我還未出生，七十五歲的湯瑪斯曼（Thomas Mann）在芝加哥大學演說，講題是「我的時代」（Meine Zeit，英譯 My Time）：「我今天要談的不是我的一生，而是我的時代……」談到他的時代，湯瑪斯曼以乎對他見證過的身體與衣飾特別感興趣，他說：「莊嚴與體面，是那個時代的標準。體育使人赤身露體，那還是很久以後才有的事。我們的身體在當時永遠是花盡心思地裹藏在衣飾裏面的，舞會上的袒胸禮服是例外，它首先在宮廷通行，漸獲中產階級認可。」

這種在盛會中袒胸露肩的裝束，曾遭到道德家托爾斯泰（Leo Tolstoy, 1828-1910）猛烈抨擊，口誅筆伐，而藝術家托爾斯泰在《安娜．卡烈尼娜》（*Anna Karenina*）中巧妙地描寫過，湯瑪斯曼說：袒胸禮服「正好和當時那種羞羞答答的女裝泳衣構成驚人的對比：這種特製的泳衣全身用許多皺褶遮掩起來，無論怎樣浸濕依舊能夠保持它那絕對莊重的式樣。漂亮的婦女們在一八八〇年就是穿著這樣的泳裝縱身入水的。」

湯瑪斯曼以小說家的敏銳觀察，不怎麼談他一生中發生的世界大事，只是對身體和衣飾仔細分析，他感興趣的，還有男裝褲上筆直的褶痕，他說：那是他孩提時代所沒有的，「可是不久它就出現了，我甚至能夠準確地指出，這件事是甚麼時候第一次在文學裏出現的，那就是在托爾斯泰晚年所寫的小說《復活》……」小說裏的聶赫留朵夫（Nehludov）是個犯人，要流放到西伯利亞，他在旅館整理衣裝，穿上一件上過漿的襯衫和一條「壓出褶痕的長褲」。

湯瑪斯曼從而推斷：「男裝褲上的褶痕原是放在板子上壓出來的，而熨斗只不過使這道褶痕牢固起來。」湯瑪斯曼又談到他青年時代上體操課，是穿著襯衫的，衫領高而硬，那是紀律；學生組織卻是紀律與反抗紀律的混合體，而日耳曼人的啤酒豪飲量正是紀律的解放——愛國體操、啤酒和學生組織，因而有著精神上的聯繫。

湯瑪斯曼談到「世紀末」，那是他青年時代風靡全歐洲的時髦語，談到親眼看見電燈替代了煤油燈，電話由裝在大商家辦公室到裝在私人住宅，兩輪單車所隱含的資產階級安全問題……等等。那是說，在生活細節裏發現事物的沿革，在詞語的更新過程中發現了歷史的痕跡，也許就是他整篇演說最關心的問題了。

我們這一代人也見證過一些世界大事：文革、冷戰、越戰、東歐解體、六四血案、九七回歸……等等，也經歷了一些湯瑪斯曼所關心的生活細節的變革：收音機和錄音機和黑白電視、闊褲腳和窄褲腳和襯衫衫領時大時小、長頭髮和短頭髮和染頭髮、渡海小輪和嘩啦嘩啦和地鐵、工展會和工廠三班制和工廠北移、走一哩路去借用電話和家中第一部電話和邊走路邊談無線電話、集會被暴力毆打驅趕和百萬人上街等等。想了想，或者就明白了湯瑪斯曼為甚麼不說他的一生，只說他的時代——因為在他的時代，小說家總是自覺或不自覺地兼任了歷史學家的角色。

這些都是後來才明白的。

三

四十多年前天天背書，比如說，背《說話》的課文．魚兒為甚麼能游？鳥兒為甚麼能飛？懵懵懂懂，捲著舌頭去學習一種彷彿來自天外的語言，唸到一些趣怪的聲音，鄉野小童都笑了。要經過很多年，才明白魚游水而不知有水，鳥飛於空而不知有空。

又想起少年時代讀戴望舒譯果爾蒙（Remy de Gourmont, 1858-1915）的《西茉納集》（*Simone*），讀到這樣的段落：

西茉納，你的溫柔的手有了傷痕，
你哭著，我卻要笑這奇遇。
山楂防禦它的心和它的肩，
它已將它的皮膚許給了最美好的親吻。

——〈山楂〉

西茉納，磨坊已很古了，它的輪子
滿披著青苔，在一個大洞的深處轉著：
人們怕著，輪子過去，輪子轉著
好像在做一個永恆的苦役。

——〈磨坊〉

西茉納，河唱著一支淳樸的曲子，
來啊，我們將走到燈心草和蓬骨間去，
是正午了：人們拋下了他們的犁，
而我，我將在明耀的水中看見你的跣足。

——〈河〉

西茉納，雪和你的頸一樣白。
西茉納，雪和你的膝一樣白。
西茉納，你的妹妹雪睡在庭中
西茉納，你是我的雪和我的愛。

——〈雪〉

那時愛讀那些略帶陌生感的詩句，讀得滿腦子稀奇古怪的意象，覺得那樣子的話語不大像中國人的說話，後來也學著那種語氣，寫詩給一個陌生或杜撰的名字，比如說：阿米斯。有些詩友不知始末，以為阿米斯這個名字是翻譯過來的，或者有一個洋典。給人問得多了，也不想多費唇舌，只好說，把這個名字忘掉好了。

那時，台灣的一些詩人也流行寫詩給外國女孩（或洋名），比如說：薏麗莎；比如說：蘇珊娜；比如說：雅典娜……等等。後來才知道，那或者只是一個聲音，是詩的音樂性的一部分，或者是一個意象，陌生化的意象，有象徵也有聯想；或者有實在的遭遇，或者只是虛構的傳奇，陌生名詞起著化學作用，在詩句裏對比交織，有好聽的聲音，也有動人的意象。

謝謝戴望舒，在他的譯詩裏，我學會了另一種說話的方法。

那都是很多年後才明白的。

四

湯瑪斯曼不說「我的一生」，只說「我的時代」，那是說，要敘述一個人的一生，不免要將那個人處身的那個時代敘述一遍。那時，他七十五歲了，他說：「在這個地球上生活了七十五年的人，很了解時間是怎樣的一種幸福。對於時間極有耐心地創造著的一切，他深知其價值。他居然還能不勝依戀地看見這個地球又生新綠……」

他說，一九〇〇年，他年滿二十五歲，寫完了《布登勃洛克家族》（*Buddenbrooks*），三十五年後，他滿五十歲，寫完了《魔山》（*The Magic Mountain*）；他說，《魔山》是他成熟時期的作品，小說的中心問題，是人類這種「最易受損害的生物」的問題，是他在社會中的位置以及他與這個社會的關係的問題。那是說，《魔山》是他那個時代的產物，揭露出「我們西方文化中一切政治的和道德的矛盾，這些矛盾直到今年（指一九五〇年）仍有待於綜合總結……」

我在三十六歲前，三讀《魔山》，都不得其門而人，翻了三數十頁，總是讀不下去。直至三十六歲那一年，讀羅蘭・巴特（Roland Barthes）的〈法蘭西學院文學符號學講座就職講演〉，文末這樣說：「有一天我重讀了湯瑪斯曼的小說《魔山》。這本書描寫了我熟知的一種病——肺結核。在閱讀時我意識到與這種病有關的三種時間……」於是，再一次讀這本書，終於一口氣讀完了，那是為了羅蘭・巴特提到的一個名稱：「薩皮安提亞」

（Sapientia）；其涵義包括：毫無權勢，一些知識，一些智慧，以及盡可能多的趣味。

羅蘭·巴特所說的三種時間是這樣的：

時間1：故事發生的時間，約為第一次世界大戰之前，

時間2：他患上肺結核的時間，約為一九四二年；

時間3：現在的時間（約為一九七七年）。當時肺結核已為化療所征服。

時間1和時間2雖然相距三十多年，但對羅蘭·巴特而言，兩種時間是混和在一起的，他驚駭地（他說，只有顯而易見的事物才教人驚駭）發覺，他的身體是歷史性的，在某種意義上，他的身體與《魔山》的主角漢斯加斯托普的身體，屬於同一個年代，漢斯入山那一年，他尚未誕生的身體已經二十歲了。他說：要是他想生存下去，就必須忘記自己的身體是歷史性的——他與當前的身體同齡，而不是與過去的身體同齡。他必須周而復始地再生，再生需要一種力量，叫做「忘卻」。要忘卻的，大概是身體在歷史中的腐朽過程。

羅蘭·巴特在一九七七年的說話，跟湯瑪斯曼在一九五〇年的說話，就「時間」和「身體」的想法毋寧是互通的。當然，這些道理（如果有的話），是很多年後才明白過來的。

五

在我的啟蒙教育中，《說話》是相當重要的科目，我在陌生的語言裏捲著舌頭提問，捲著舌頭回答，學會了用完整的句子去應對，很多年後才明白，《國文》畢竟是一種遙遠的語文，而《國語》由單字到句子，於我都不若《說話》那麼受用。

又想起在七十年代初讀卡繆（Albert Camus）的《異鄉人》（*L'étranger*，英譯 *The Stranger*），書中的「我」接到養老院的電報，說「母死。明日葬。專此通知。」竟然一點也不傷心，不但沒有哭，而且還在母親的棺木前抽煙、喝咖啡；第二天，還去游泳，和女朋友去看笑片，還帶她回家溫存了一夜。那時只覺得此人的行為荒誕，一點也不明白他近乎冷漠無情的反應。

二十多年過去了，有一天凌晨時分，醫院打電話來，告訴我父親去世了，跟家人一起趕到善終醫院，都沒有哭，因為父親在那裏度過了一生中最後的六個年頭，要哭，六年前就哭過了。幾個小時後回家，睡不著。抽煙，於是就想起廿多年前讀過的那篇小說。

原來真是這樣的：很多事情，都是活了大半生之後才漸漸明白過來的。

「離開／歸來」的遊戲

一

第一支鉛筆。第一條牛仔褲。
第一課教科書，第一本文學讀物。
第一次旅行。第一次搭飛機。
第一口香煙。第一口啤酒。
第一次反抗。第一次親密接觸。

無數的第一次，都過去了。鉛筆愈刨愈短，香煙燒成煙灰，啤酒給排泄了……物質消失但痕跡猶在，在記憶裏或隱或顯，或淡或忘；不完全淡忘的，或會變形或會異化（傾斜、顛倒、亂序、誤駁、破碎、易位、錯摸、混淆……）

第一個故事也許是於梨華的〈黃玲的第一個戀人〉，刊於黃色封面的《文學雜誌》，在奶路臣街買的；三十多年了，雜誌早已不在了；還記得故事裏的一對男女，年輕時相愛，失散多年，再次約會已是人到中年，記憶與現實世界相對照，殘酷而傷感；從此對年齡有著朦朧的焦慮，以為在焦慮中學會成長。

也記得菲臘・杜郎（Philippe Delerm）的《第一口啤酒的滋味》（*La Premiere Gorgee de Biere*），裏面捕捉了許多新鮮而敏銳的小記憶，說「第一口啤酒的滋味是唯一像啤酒的」，「之後的每一口，愈來愈稀淡、愈來愈沒甚麼感覺。」邊讀邊想：也許抽煙也是，性愛也是。

至於在網上讀到的《第一次的親密接觸》，於我似是個不留任何記憶的夢境，一個叫做痞子的博士生的第一個網上連載小說，據說在虛擬世界裏「嚴重地欺騙了」許多「在網絡上遊蕩的少男少女的感情。」

記憶總因固執而美好，但我們活得太匆忙，以至無從引證，活得太疲累，以至拒絕引證，一生中無數的第一次要不是因固執而繼續美好，恐怕都成了餘生的謊言，除了自己，還可騙誰？

二

有一天，佛洛伊德（Sigmund Freud）老先生看見他十八個月大的孫兒在遊戲，孫兒扔掉了一個捲線筒，愉悅地嚷著：fort!（那是說：「在那邊」、「走了」或「沒有了」），然後拉著綁在捲線筒上的線，把捲線筒拉回身邊，也愉悅地嚷著：da!（那是說：「這邊」、「回來了」）。

在老先生看來，這場幼兒遊戲隱伏深刻的寓意。他在《釋夢》（*The Interpretation of Dreams*）和《超越快樂原則》（*Beyond the Pleasure Principle*），一再把這場「離開／歸來」的遊戲解釋為：「幼兒對不在身邊的母親的象徵性支配。」

佛洛伊德主義者後來不斷闡釋這場遊戲的深層意義，出身和夢境、石頭和情書、足球和詩句、車站和排泄……愈是隱藏的，焦慮便愈深沉。按照拉康（Jacques Lacan）的說法，最早的喪失物是母親的身體，焦慮驅使我們在慾望無窮的換喻運動中尋求喪失物的替身。

「離開／歸來」也許是我們所能想像的最簡短的故事：

一件物體的消失。

那件物體在記憶裏的存在。

法國學者狄薩圖（Michel de Certeau）在遺著《日常生活的實踐》（*The Practice of Everyday Life*）中，把「離開／歸來」遊戲稱為「快樂的操作」，他說，這樣的操作是一種「原型的場所結構」；他說，在城中漫步，記憶把我們和地方連結起來，那是一種純個人的、精神的隱喻：空間的日常生活實踐，就是重現快樂而無聲的童年經驗，那是說，在一個地方，一個人，成為他者並走向他處。對這個法國人來說，散步的城市在美國。記憶的母體在法國，日常生活的實踐，城市及其隱喻，或可借他引用的阿里斯多得（Aristotle）《詩學》（*Poetics*）的一句話來概括：「隱喻存於給事物命名，而名稱卻屬於他物。」記憶儘管未必可靠（總因固執而美好且繼續美好），裏面有大多洞穴和縫隙，潛伏著這樣或那樣的慾望，可是我們除了記憶還有甚麼？

或者轉換另一種說法：總是有些事物喪失了。有些人不在了，故事才得以開展敘述；要是存在過的事物都原封不動，出過場的人物都在身邊，也許我們就再沒有甚麼故事可敘說了。

三

很多年過去了，累積的喪失物愈來愈多，皮鞋和紀念冊，眼鏡和足球，同學和戀人，鎖匙和枕頭，親人和仇人，盒子和房子……我們如何忍受事物和人物的不斷消失而活得尚好呢？最簡短的兩個答案：

其一，在我們有生之年，始終貫徹著一種未經開顯的認知：事物和人物終會以某一形式回來，「離開」僅僅與「歸來」相連起來才有意義。

其二，我們已經在累積的消失中習慣了佛洛伊德主義者所說的焦慮。

大約在一一九八九年秋天，我決定「大遷徙」之前，買了北京三聯書店出版的布魯姆

（Harold Bloom）的《影響的焦慮》（*The Anxiety of Influence: A Theory of Poetry*）中譯本。一九九〇年夏天，在哈佛廣場的一家書店，又買了那本書的英文原著。兩本書都讀過了，有時只讀中譯本，有時中英對照來讀，印象最深的，倒是書中有大量不好記憶的術語。

有一次，接納了伊高頓（Terry Eagleton）的建議，不把那本書當作「解構批評」來讀，乾脆讀成一首詩。伊高頓說，布魯姆的評論是「某種形式的詩」，「就像一首詩對另一首詩所隱含的批評」。那真是極好的提議，布魯姆總把當代詩人看作具有俄狄浦斯情緒的兒子，千方百計要反叛「詩的傳統」此一女性形象。在《影響的焦慮》書末，布魯姆用略帶抒情而富於思辯的詩化文體寫道：

奔波了三天三夜的他來到了這地方，
但卻肯定這個地方是不可到達的。
……
奔波了三天二夜的他沒有到達那個地方，於是
他又策馬離去。

那是「離開／歸來」遊戲的變奏呢。這個尋而不遇的故事，在博爾赫斯（Jorge Luis Borges）的《想像的動物》（*The Book of Imaginary Beings*）中，有另一版本：傳說中的西牟（Simurgh）是不朽的鳥，築巢在知識樹上，曾在中國某地拋下一片彩羽。鳥族有一天決

定一起去尋找西牟，牠們飛越了七谷七海，大多離隊了，失散了，最終只有三十隻到達目的地，見到了西牟：原來牠們自己就是西牟，西牟是牠們的個體，也是牠們的整體。

西牟是不存在的存在：我們或者都在尋找自己，虛構的集體記憶裏或有一個虛構的自己。我們活得太匆忙，以至無從引證，活得太疲累，以至拒絕引證，記憶裏的喪失物（包括自己）漸積漸多，我們漸行漸遠，以至無法回到童蒙，無復初始簡樸的快樂，尋回或尋不回的，可能只是一些替身，一些隱喻：為此物命名，名稱卻屬於他物。

伊高頓說：「寫作不但誘發我們潛意識的『欲動遊戲』，而且讓我們分享某些有意義的信仰和環境，兩個領域還存在著複雜的相互作用：我們需要從中尋索某種精神苦樂的根據。」書寫也許是有生之年最後的一場「離開／歸來」的遊戲了，閱讀也是。

一九九六年一個下雪的上午，我在波士頓一間圖書館發現：美國人布魯姆所論述的《影響的焦慮》，與法國人吉拉爾（René Girard）的著作《妒忌劇院》（*A Theater of Envy*），原來有一段詩學上的血緣關係，兩個「佛洛伊德的讀者」，一說「焦慮」，一說「妒忌」，本源恐怕還是「離開／歸來」的遊戲。

廢名的「宇宙」

一

楊牧在〈宇宙是一首詩〉一文中說，一位教授在座談會上談到 universe 這個英文字，乃由 uni 和 verse 兩個字組成，uni 是拉丁文，其意是「一」，verse 是「詩」，據此，宇宙就是一首詩。

我想起莊子愛用「宇宙」這兩個字，比如〈齊物論〉的「奚旁日月，挾宇宙，為其脗合」，〈知北遊〉的「若是者，外不觀乎宇宙，內不知乎太初」，〈列禦寇〉的「若是者，迷惑於宇宙，形累不知太初」；〈庚桑楚〉對「宇」和「宙」有此解說：「有實而無乎處者，宇也；有長而無本剽者，宙也。」郭象注：「宇者有四方上下，而四方上下未有窮處。宙者有古今之長，而古今之長無極。」

《詩經》有「宇」無「宙」，〈桑柔〉說「憂心慇慇，念我土宇」，〈七月〉說「七月在野，八月在宇」，「宇」即屋簷（《釋文》：「屋四垂為宇」）。

「宇宙」兩字合成一詞，倒常見於在魏晉南北朝的詩文，最為耳熟能詳的，大概是《千字文》，開句就是「天地玄黃，宇宙洪荒」；此文據說是梁武帝委託周興嗣創作的，內含一千個沒有重複的字，好讓公主習字練書法。信手拈來的例子，還有王羲之〈蘭亭集序〉：「是日也，天朗氣清，惠風和暢，仰觀宇宙之大，俯察品類之盛……」還有陶淵明〈讀山海經〉：「泛覽周王卷，流觀山海圖。俯仰終宇宙，不樂復何如？」

「宇宙」二字，在古漢語有兩層意思，可大可小；大者指天地，《淮南子．原道》云：「橫四維而含陰陽，紘宇宙而章三光。」高誘注：「四方上下曰宇，古往今來曰宙。」小者指屋簷與棟樑，《淮南子．覽冥》云：「而燕雀佼之，以為不能與之爭於宇宙之閒。」高誘注：「宇，屋簷也；宙，棟梁也。」

唐詩也不乏以「宇宙」兩字入詩的例子，首先想起王勃的〈滕王閣序〉：「睢園綠竹，氣淩彭澤之樽；鄴水朱華，光照臨川之筆……窮睇眄於中天，極娛遊於暇日。天高地迥，覺宇宙之無窮……」另一例子是陳子昂〈感遇詩〉三十八首之十一：「天下久無君，浮榮不足貴。遵養晦時文，舒可彌宇宙。」氣派浩然，也真有點「念天地之悠悠，獨愴然而涕下」的「千年一嘆」了。

通俗一些的，也有呂岩（呂洞賓）的〈絕句〉：「獨上高峰望八都，黑雲散後月還孤；茫茫宇宙人無數，幾個男兒是丈夫。」這絕句本質上就是世俗廟宇的籤詩，有一份民間的里弄智慧。《全唐詩》載有唐代道士吳筠（字貞節）〈遊仙〉二十四首，當中有「心同宇宙廣，體合雲霞輕」、「蕭然宇宙外，自得乾坤心」、「恬夷宇宙泰，煥朗天光徹」等句，幾疑是李白手筆。

二

廢名（馮文炳）曾對朱光潛說，生平只作過三首好詩，〈飛塵〉是是其中一首。廢名的詩總是東跳西躍，忽爾跳出「宇宙」二字，比如〈飛塵〉中這兩句：「虛空是一點愛惜的深心。／宇宙是一顆不損壞的飛塵。」宇宙與飛塵在詩人眼中，大概都是「本來無一物」吧？

朱光潛對廢名的詩有此評價：「廢名的詩不容易懂，但是懂得之後，你也許要驚嘆它真好。」也許，要讀懂廢名的詩，得要理解他詩中常見的一個關鍵詞——「宇宙」；比如〈雪的原野〉說：

雪的原野
你是未生的嬰兒，
未生的嬰兒
是宇宙的靈魂，
是雪夜一首詩。

這「宇宙」，由「雪的原野」之大，對照「未生的嬰兒」之小，再由「宇宙的靈魂」之大，回歸「雪夜一首詩」之小，可見其可大亦可小，大小存乎一念。〈宇宙的衣裳〉說：

燈光裏我看見宇宙的衣裳，
於是我離開一幅面目不去認識它，
我認得是人類的寂寞，
猶之乎慈母手中線
遊子身上衣——
宇宙的衣裳，
你就做一盞燈吧……

如此「宇宙」，由「人類的寂寞」退回「一盞燈」，於是便想起他有一首詩，題目正是〈燈〉：

夜販的叫賣聲又做了宇宙的言語，
又想起一個年青人的詩句
魚乃水花。

這樣說來，雪原的光影，燈光裏影影綽綽，未生的嬰兒，雪夜一首詩，莫不是「宇宙」。於是，〈理髮店〉說：

理髮店的胰子沫
同宇宙不相干
又好似魚相忘於江湖……

連「不相干」的「胰子沫」也沾到了「宇宙」的邊，那麼，〈北平街上〉說「炸彈搬到學生實驗室裏去罷／詩人的心中宇宙的愚蠢」，就不足為奇了。

三

廢名燈影綽綽的短詩，猶之乎慈母手中線，也好比送給小孩子的玩具，對人類的寂寞懷著慈美與溫愛，可這慈美與溫愛又不是無窮泛濫的溫情，倒是明麗而不纖細，溫暖而不粗俗，比如這一首〈十二月十九夜〉：

深夜一枝燈，／若高山流水，／有身處之海。／星之空是鳥林，／是花，是魚，／是天上的夢，／海是夜的鏡子。／…………／是燈，／是爐火，／爐火是牆上的樹影，

／是冬夜的聲音。

燈影世界是一切美麗的東西，因為它像鏡子一樣，「把甚麼都收藏得起來」。影影綽綽，原來就是黃昏時的萬家燈火，把萬有收藏。〈四月二十八日黃昏〉也是如此：

街上的電燈柱，／一個燈一個燈。／小孩子手上拿了楊柳枝／看天上的燕子飛，／一個燈一個燈。／石頭也頭燈。／道旁犬也是燈。／盲人也是燈。／叫化子也是燈。／饑餓的眼睛／也是燈也是燈。／黃昏天上的星出現了，／一個燈一個燈。

這燈影綽綽的世界，不見「宇宙」兩字，倒也見到「宇宙」的意趣。原來廢名的小說有時也真像他的詩、真像他所推崇的六朝文，滿篇夢中花雨、瞳人裏的圖畫，可不是「亂寫」麼？在〈橋〉裏，有很多這樣的對話——「有了夢才有了輪廓，畫到那裏就以那裏為止，我們也不妨以夢為大……」

「不管天下幾大的雨，裝不滿一朵花。」

「我以前的想像裏實在缺少了一件東西，雨聲。——聲音，到了想像、恐怕也成了顏色。這話很對，你看，我們做夢，夢裏可以見雨——無聲。」

「想像的雨不濕人。」

「你這樣看我做甚麼？」

「我看你的瞳人。」

廢名擅於抒情，卻拙於說理。他所抒的是拙樸沖淡之情，卞之琳說他的小說寫得最好時，「蒸溜詩意，一清如水」，可這水意裏有濃蔭花影，僻崛中見出俚俗混和詩的意趣，偶爾也閃出像汪曾祺所說的「拗句」：「堆前豎著三四根只有杪梢還沒有斬去的枝椏吊著被雨黏住的紙幡殘片的竹竿」，三十多字，幾乎讀不斷，真教唯清通主義者搖頭了；也有這樣的「奇句」：「莫須有先生腳踏雙磚之上，悠然見南山」——腳踏雙磚就是蹲毛廁，「悠然見南山」是借自陶潛的詩句。他發表議論，雖則不乏奇思怪想，總覺條理不夠分明。

他的〈談新詩〉有此說法：「如果要做新詩，一定要這個詩是詩的內容，而寫這個詩的文字要用散文的文字。以往的詩文學，無論舊詩也許好、詞也好、乃是散文的內容，而其所用的文字是詩的文字。」把新詩和舊詩的內容、文字作出二分的對比，也許不見得如他所說的那麼絕對，倒也提供了一個新鮮的思考角度，證諸他那些影影綽綽的短詩，詩中可大可小的宇宙，以及小說裏滿是夢中花雨的對話，其實也是一氣相通的。

〈橋〉揉合了散文與詩的寫法。在〈塔〉那一節裏，細竹和小林看畫談畫，塔也是畫中之塔，細竹夜裏聽琴子講天竺佛寺的故事，就把故事裏的塔畫在紙上了。小林談到畫，說「顏色，恐怕有些古怪的地方，我一打開那把著色的傘，這個東西就自己完全，好像一個宇宙，自然而然的看到這底下的一個人，以後我每每一想到，大地山河都消失……」

談到詩中的畫：「細雨夢回雞塞遠，你看，這個人多美……可惜我畫不出這個人來，夢裏走路。」最後又提到一個英國女作家的一句話：「夢乃在我們安眠之上隨喜繪上一個圖。」因著這句話，才說「有了夢才有了輪廓，畫到那裏就以那裏為止，我們也不妨以夢為大……」這「著色的傘」，這「自己完全」，一些對顏色、畫、夢的看法，大體可以理解為廢名小說和詩的宇宙觀。他在〈夢的使者〉這首詩中說：

我在女人的夢裏寫了一個善字，／我在男人的夢裏寫一個美字，／厭世詩人我畫一幅好看的山水，／小孩子我替他畫個世界。

四行東西在簡樸裏「自己完全」，正是「以夢為大」的設想。他在〈畫〉這首詩中說：

嫦娥說，／我未帶粉黛上天，／我不能看見虹，／下雨我也不敢出去玩，／我倒喜歡雨天看世界，／當初我倒沒有打把傘做月亮，／自在聲音顏色中，／我催詩人畫一幅畫罷。

如果用〈塔〉裏的那些說夢說畫的話來解讀，那一層稚趣的意思就相當明白了。當然，也可證諸〈鏡〉最後的四行：

自從夢中，我拾到一面好明鏡，／如今我曉得我真有一副無畏精神，／我微笑我不能將此鏡贈彼女兒，／常常一個人在這裏頭見伊的明淨。

鏡如畫，如牆上影子，如夢中花雨，都是隨喜而為，畫到那裏，就以那裏為止，他筆底的宇宙，便伸縮到那裏為止。

四

廢名認為「中國文章，以六朝人文章最不可及」，因為「六朝文不可學，六朝文的生命還是不斷的生長著，詩有晚唐，詞至南宋，俱係六朝文的命脈也。」他的散文常常提到庾信，說讀到「一寸二寸之魚，三竿兩竿之竹」，忽然有點眼花；又說〈行雨山銘〉四句，「樹入床頭，花來鏡裏，草綠衫同，花紅面似」，四句裏頭兩個花字，「真的六朝文是亂寫的，所謂生香真色人難學也」；「霜隨柳白，月逐墳圓」，他「感到中國難有第二人這麼寫」。他喜愛的六朝文，其實有一少實際、重理想、不沾凝滯空氣的美麗，約略帶有真率而不大入世的情操，卻又傾心於人世的好景物。

「樹入床頭，花來鏡裏」，好比一幅裝了框的圖畫，這或許就是宗白華所說的「網羅天地於門戶，飲吸山川於胸懷的空間意識」：「中國詩人多愛從窗戶庭階，詞人尤愛以簾、屏、欄杆、鏡以吐納世界景物。我們有『天地為廬』的宇宙觀。」在廢名影影綽綽的短詩裏，鏡像和燈影也是一個自足的宇宙，因此，才可以在燈光裏看見宇宙的衣裳。看星看影，竟看出了永遠的春花秋月：

滿天的星，
顆顆說是永遠的春花。
東牆上海棠花影，
簇簇說是永遠的秋月。

是的，上天下地都是燈，燕子飛、星顯現，也是燈也是燈；道旁犬，餓餓的眼睛，也是燈也是燈；深夜一枝燈若高山流水，有身外之海，星空是鳥林，是花、是魚、是夢，思想來去自如，是日、是月、是燈、是爐火；都是「網羅天地於門戶，飲吸山川於胸懷」，也真如六朝文那樣不拘一法，「亂寫」了。

鏡裏牆上的影子，常常就像〈妝台〉所說，夢裏海裏的鏡子給女郎拾去上妝台：「不可有悲哀」，這寫法，跟徐志摩在〈我等候你〉所詠唱的「鳥雀們典去了它們的啁啾，／沉默是這一致穿孝的宇宙」可謂大異其趣，彷彿就是另一套「宇宙語言」。

愛若永不平等，讓我愛得更深
——寫給陳耀成的《情色地圖》

一

認識陳耀成，始於一段偶然的文字因緣。話說上世紀八十年代初，我每天午後都走一段斜坡，到何文田採訪社團新聞，其中一個會所有一間閱報室，午膳時間無人，我可以在那裏花一、兩個小時，閱覽大量報章。我愛讀副刊，偶然在《文滙報》發現陳耀成撰寫的《夢存集》，那個小小的專欄每天談文說藝，抒情沉思，常以典雅而不失現代感的筆觸，流露略帶青澀的憂鬱，那些短文特別配合那靜好的環境，教我喜愛，歷廿載而記憶猶新。

《夢存集》其後由青文書屋出版，儘管錯漏百出而教人沮喪——對一個讀書人來說，還有甚麼比一本編得不專業以至錯亂得不忍卒讀的好書更感沮喪？但每次翻閱，猶覺那份略為冷傲的智性和感性，在字裏行間游離閃爍。今年七月讀了陳耀成一篇題為〈思春白楊〉的散文，短短五百字，由紐約的花粉症寫到莫斯科白楊飛絮所造成的「夏雪」，由樹的性別寫到歷史和政治的謬誤，寫得嫵媚動人：

> ……但據說莫斯科城中種植了近四十萬株陰性的白陽樹，緣何如此也眾說紛紜。最多人推諉史太林，說是暴君三十年代的綠化運動時期，無知地建成這白楊的女兒國。但有史學家點出，這些雌樹其實植於六十年代克魯曉夫治下……
>
> 陰陽的白楊樹平日一模一樣，但在春天的求偶季節，陰性白楊會傾情播種，而種子穿身於白色飛絮中，冉冉飄散。四十萬株播種的思春白楊，便製造了俄語中早到的滿城「夏雪」。
>
> 濛濛飛絮黏於人的髮上、毛衣上。人人避戴隱形眼鏡，上街別亂打呵欠，與人聊天也得不時吐出口中白毛，而且白毛積於街頭，竟易生火警。八六年某位駐俄美國使節，誤吸飛絮，幾乎不能呼吸，急送德國搶救。在他的回憶中，這成為「史太林的報復」。

陳耀成是一位風格化的「作者」——無論他書寫的媒介是文字（如《夢存集》、《最後的中國人》），還是影像（如《浮世戀曲》、《北征》、《情色地圖》），我上引的那篇〈思春白楊〉，正好概括地突顯了陳耀成的電影特質：對性和性別的敏感，抒情和紀錄的融合，歷史懸案和社會現狀的互涉，最後，是人的存活狀態——在謬誤處境裏，如何理性或感性地存活下去？《情色地圖》敘事線條的展佈，約略就是依據上述的線索開枝散葉，情色飛絮恍如「夏雪」，交織著在電車上拍攝的迷麗街景，溶溶蕩漾的南丫島弱水微波，嫵媚思春，其實包孕了對歷史、政治、社會、文化深思的睿智；閱讀陳耀成，讀書掩卷，觀影落幕，思之大概也有類近「史太林的報復」那樣的惘然吧。

二

《情色地圖》開拓了一套教人耳目一新的電影美學：由數碼錄像衍生的影像帶來的陌生觀感和異色驚喜，浪漫迷麗和抒情沉鬱的音樂（及說唱），異國情調交織本土民俗，建構出一幅延綿舒張近兩小時敘事學地圖。

這幅敘事學地圖以南丫島為出發點，兩個同性戀者——從紐約回來的紀錄片導演韋明（周文淇飾）和長髮披肩的舞蹈家 Larry（馬才和飾），一個患精神病、喜愛寫作與流浪的女孩子Mimi（何佩頤飾），兩男一女，各自帶著私我的故事，在島上邂逅，展開一段生命旅途上的奇緣，女孩子處身於兩個深愛的男人之間，最後有著被徹底離棄的感動，這樣的一幅敘事學地圖線條簡單而繁富，不斷往復來回，向外延伸，然後回歸，再向外延伸——線條伸展到大澳，Larry 生日，韋明跟他到這個一衣帶水的邊陲漁村過了纏綿悱惻的一夜

（誰知道會不會是一生），在這裏，香港熙熙攘攘的迪士尼夢，剛好交織著半人半魚的漢族叛徒盧亭的神話傳說，裏面有激情而狂野的反抗，以及滅族的大屠殺。

線條伸展到回歸後的澳門，那是韋明的出生地，他的父親是熔金師傅，晚年住在老人院，在這裏，韋明的身世交織著納粹黃金的歷史謎團，又隱約窺見中國與蘇聯在冷戰時代涉嫌捲入走私黃金的暗流；這段潛在的懸案又交織著澳門處處可見的殖民史痕跡，真幻莫辨。

線條伸展到經歷了內戰而遍佈歷史傷痕的貝爾格萊德，Mimi 透過放映幻燈片，以獨白體的旁述向一對同性戀人訴說那段旅程的孤寂與人際關係的疏離，略帶歇斯底里，在瀕臨崩潰之際，在一家中國餐館發現了自己，以及自己的精神病——信是遺傳的：病和食物，精神病和柚皮煮大眼雞，都是母親傳給她的。

線條伸展到 Larry 的少年記憶，他告訴教會中學輔導老師 Janice（陳令智飾），他有同性戀傾向，Janice 讀了一段聖經，然後教他在手腕套上橡皮圈，遇有非非之想便用橡皮圈「彈」手腕以警戒自己；Larry 後來卻用橡皮圈射 Janice，一輛汽車駛過，Janice 倒下，後來要坐輪椅……十二年後，師生細說往事，Larry 才知道 Janice 半身癱瘓與他無關……那份揭破謎底的釋然和喜悅，交織著社會對同性戀認受進程的一頁簡史，處理得深情而睿智。

韋明用獨白體的紀錄片，Mimi 用幻燈片（以及浸柚皮——用兩星期時間浸洗柚皮的苦味，最後幾個年輕人邊吃邊閒話家常，前呼後應，簡直是神來之筆）的詩化話語，Larry 用他的身體語言和少年記憶，述說一段又一段私密交織著家國簡史、夢與現實糾葛的大時代小故事，致使《情色地圖》枝葉繁茂的敘事線條錯綜繁富，還有韋明與身在紐約的男朋友的電話錄音，韋明在紐約拍攝和旁白的錄像，與乎數碼錄像和多元音樂（及說唱）圓融而略覺驚艷的視聽風格，穿越了媒體及其界限，陳耀成這部低成本的獨立自主製作（據說不多於十萬美元），適足以引證舒馬赫（E. F. Schuumacher）所論說的「小的就是美好的」，恰好給我們展示他繼《浮世戀曲》之後的風格化敘事美學。

三

《情色地圖》以詩始，亦以詩終。劇本以李白詩「舉杯邀明月，對影成三人」揭開序幕，以奧登詩 If equal affection cannot be / Let the more loving one be me（韋明將之改為 If no love can equal be / Let the more loving one be me）作結，兩詩好像風馬牛不相及，卻在最後一幕的一封「錄像信」中見出端倪：首先聽到韋明的聲音，然後看到 Larry、Mimi 和小鬍子（此君與 Larry 在浴室「開過波」、有過一段霧水情慾），一起在排練室看著螢幕上放映的「錄像信」，三人對著韋明的影像，各有懷抱，當中有幾組三角關係——首先是 Mimi 與兩個同性戀人韋明、Larry；其次是 Larry 與韋明、韋明的紐約「男朋友」Bill；最後是小鬍子與Larry、韋明；此為「對影成三人」的多層寓意，呼應著改寫奧登詩所說的「若愛情永遠不可平等／就讓我愛得更深」，而刻詩的那塊牌匾竟被偷去，或如韋明的「錄像信」所言，「也許沒有人願意被提醒『愛得更深』」，至此，情色也者，原是一個又一個後現代版本的鴛鴦蝴蝶夢，如詩如影，泛開一圈又一圈的「此情可待成追憶，只是當時已惘然」。

陳耀成試圖借兩詩將人間之愛的範圍開拓得更廣闊而直接，別有懷抱，許是回應錯亂歷史和倫理觀念的一個小策略吧。

電影中男男女女的情色老問題，一如背景的歷史、社會、人生問題，似有序卻無序，似已解決，卻懸而未決，香港、澳門、紐約……這些城市在地圖上有固定的位置可供不同角度的解讀，在日常生活裏卻總是浮躁不安，游走其間的男男女女也總得要帶著記憶（及記憶的傷痕），以各自的方式存活下去，然後遇上與老問題相涉或不相涉的新問題。

《情色地圖》以說唱始，亦以說唱終。第一幕老婦焚香，昏暗裏光影浮動，煙靄裊裊，背景音樂是一段南音：「胡不歸，胡不歸，杜鵑啼，聲聲泣血胡不歸……」，片末出字幕之前，響起一段浪漫迷麗、洋溢南歐氣息的音樂，由 Tuna Macaense 唱出 Macau：「澳門……傳奇的土地／你的財富就是你無數的故事／那許多的歷史名勝／那些葡屬的氤氳／澳門是遠離母親而活的孩子……」兩段說唱，猶如前述的李白詩與奧登詩，前呼後應，交響成歸與不歸的多重歧義——韋明歸港，再歸澳門，再歸紐約，最後「錄像信」透露行將歸港；韋明、Larry、Mimi 情歸何處，又約略曖昧迷離；香港與澳門相繼回歸，但兩個城市的記憶如何能夠在某年某月某日一刀切掉？歸或不歸，到底只是地圖上的顏色、線條所突顯的政體歸屬，還是有更深層的生命體情色的糾葛？

陳耀成以詩、音樂、說唱貫串影像，以低成本的獨立自主製作形式完成了這部兼顧多重意趣、交融異色異音的電影，直教我們耳目一新，於是我們相信了——水窮處自有雲起時。

卷二

我所認識的哈洛・品特

一

有一段日子，香港的劇運相當蓬勃，大大小小的劇社和劇場如雨後春筍，當然也演過不少哈洛・品特（Harold Pinter）的戲劇，那時他被譯為哈勞品脫。記得港大英文系有一個戲社，導師是黃清霞和Jack Lowcock，演過品特的《情人》（*The Lover*）、《啞侍者》（*The Dumb Waiter*）、《在外一宵》（*A Night Out*），好像還有《微痛》（*A Slight Ache*）和《房間》（*The Room*）；此外，《文藝伴侶》和《中國學生周報》都評介過其時方興未艾的西方荒誕劇，也譯介了青年時期的「哈勞品脫」的前衞作品。

品特年輕時一心想當職業演員，唸過戲劇學院，藝名叫大衛巴朗（David Baron），也演過好一些舞台劇和電影，可他的劇本的感染力很早就掩蓋了他的演出，他的奧斯卡夢早落空了，要到今天才變換成意外的諾貝爾文學獎——諷刺的是，直到他宣布「棄劇從政」之後，才喚起諾貝爾評審諸公對他的重新注視。

品特近年演的都是小配角，香港的電影代理大概不知道他是赫赫有名的劇作家，把他的姓名譯為夏洛彼達。香港影迷大概都看過他的演出，只是不大留意吧。在改編自珍奧斯汀（Jane Austin）同名小說的電影 *Mansfield Park*（港譯《心鎖》）中，他演翠茜亞露絲瑪（Patricia Rozema）的叔父，是一名專橫保守、權力至上的名流紳士，一生只盤算著如何操控別人，演出頗獲好評。在改編自同名暢銷小說的 *The Tailor of Panama*（港譯《真假情報》）中，他演一個叫做賓尼叔叔的小角色，值得一提的是故事背景，一九九九年底美國與巴拿馬的運河條約屆滿，運河將由李嘉誠的和黃經營，英美特務在當地展開奇情的諜戰，以阻撓運河的商業利益易手——說穿了，只是個「中國威脅論」的故事。

予人印象較深刻的，大概是*WIT*（港譯《深知我心》），品特演抗癌女學者愛瑪湯遜（Emma Thompson）的父親，戲份不多，但幾場戲俱見功力。愛瑪湯遜是能演能寫的才女，為李安的《理智與情感》編劇，拿過最佳改編劇本獎，據說她對品特十分尊敬。

二

有人為現代的荒誕戲劇性排列出一個這樣的系譜：假如沒有貝克特（Samuel Beckett），便沒有哈洛・品特；沒有品特，便沒有大衛・馬密（David Mamet）；沒有馬密，便沒有昆頓・塔倫天奴（Quentin Tarantino）。你當然可以在這四個人的作品中找到一些共通之處，可也不難找出他們不同的特點，結論可能是這樣的：這說法聰明而簡約，但很容易抹掉比較複雜的細節。

品特像貝克特、馬密和塔倫天奴一樣（或不一樣）複雜。品特早在一九五八年對這世界的真偽提出富於辯證的思考方法：「真實與不真實並無明確的界線，真實與虛偽也是如此，這世界的事物不盡然非真即偽，倒可能同時包容了真與偽。我一直深信此一主張，在藝術世界裏我秉持此一信念」。他同時區分了「作家」和「公民」兩個角色，提出兩套標準：「身為作家，我堅持包容真偽此一理念，作為公民，卻不能這麼做。身為公民，我一定要問：甚麼是真的？甚麼是假的？」是的，到了晚年，他向出兵伊拉克的英國政府吶喊了一連串振聾發聵的「不」，正是以公民身分向國家質疑：甚麼是真的？甚麼是假的？

*Granta*季刊去年秋季做了一個反戰專輯，品特撰文痛斥英美政府，說「自由、民主和解放，這些用詞到了布殊和貝里雅手上，意味著死亡、毀滅和混亂」，他直指美國「自大而冷漠，輕藐一切國際法，對聯合國則極盡侮慢或操控之能事。它已成為當今世界最危險的霸權，真正的流氓國家……實質上已等同於向全世界宣戰。它只知道一種語言，那就是炸彈和死亡。」

品特還寫了一批反戰詩，其中一首題為 The Special Relationship，用了一連串的 go off（爆炸）和 go out（熄滅），言簡意賅，用字淺白反而不大好譯，容我原文抄錄：

The bombs go off
The legs go off
The heads go off
The arms go off
The feet go off
The light goes out
The heads go off
The legs go off
The lust is up
The dead are dirt
The lights go out
The dead are dust
A man bows down before another man
And sucks his lust

三

哈洛・品特迄今共寫了二十九齣戲劇，二十四個電影劇本——包括廣為人知的《法國中尉的女人》（*The French Lieutenant's Woman*）和《大亨小傳》（*The Great Gatsby*），早在一九七〇年已獲頒莎士比亞戲劇獎，但他卻說：「我無法概述我自己的任何一齣戲劇。我無法形容任何一齣的內容，只能說：這就是發生了的事情。這就是它們所說的。這就是它們所做的。」他並非拒絕溝通，只是沒法簡化他苦苦探索的現代人處境。

一九七〇年，品特才四十歲，已完成了十九齣戲劇，計有《房間》、《生日會》（*The Birthday Party*）、《啞侍者》（1957）、《微痛》、《熱房子》（*The Hothouse*, 1958）、《管家》（*The Caretaker*）、《短劇》、《在外一宵》、《夜校》（*Night School*）、《侏儒》（*The Dwarfs*, 1959-1960）、《收藏品》（1961）、《情人》（1962）、《茶會》（*Tea Party*, 1964）、《回家》（*The Homecoming*, 1964）、《地下室》（*The Basement*, 1966）、《風景》（*Landscape*, 1967）、《靜默》（*Silence*, 1968）、《短劇：夜》（*Night*, 1969）、《老日子》（*Old Times*, 1970）。那是他創作力最豐沛的階段，教他從一個廣義的荒誕劇作家，奠立了所謂「品特風格」（Pinteresque）：「威脅」潛伏在靜默和沉悶的處境裏；現代人的「溝通」存在不可踰越的難處。

以《情人》為例吧，劇情敘述一對結婚十年的夫妻，生活平淡如一泓死水，忽發奇想，玩一場「角色扮演」的遊戲：丈夫與妓女幽會，妻子也與情夫偷歡；場景轉換，原來妻子的情夫就是丈夫，丈夫幽會的妓女就是妻子……假作真時真亦假，兩人變成四人，角色關係糾纏不清，玩得認真了，妻子吃「妓女」的醋，丈夫也生「情夫」的氣，妻子日漸沉溺，丈夫意識到人格分裂的危機，試圖終止荒謬的遊戲，兩對怨侶要分手又藕斷絲連……

類近的愛慾遊戲數十年後演變成 *Closer*（港譯《誘心人》）這部電影，一對有情人——祖迪羅（Jude Law）飾演的作家、妮坦莉・寶雯（Natalie Portman）飾演的脫衣舞女郎——遇上了茱莉亞・羅拔絲（Julia Roberts）飾演的女攝影師、再勾搭了佳夫・奧雲（Clive Owen）飾演的皮膚科醫生），兩個人的故事變成四個人的愛慾交纏，情慾、背叛、貪戀、謊言、懷疑、妒忌……遂陷於萬劫不復。

四

不大喜歡《誘心人》這中文譯名，還是原名 *Closer* 較為貼近電影的旨趣。Closer 就在 close 與 closest 之間，簡單卻暗藏深意——正如祖迪羅說：我只想跟一個人更親近——想法是簡單的，但兩個人如何才算是「較親近」呢？是渴求知道多一點對方的真相嗎？還是執意於擺脫不可踰越的心靈障礙，渴求溝通得更親密？

祖迪羅說：撇除了真相，我們只是動物。但真相是甚麼？知道得愈清楚就愈了解？還是像電影所呈現的那樣，知道得愈清楚便愈像陷身泥沼，愈是掙扎便愈是迷溺，以致忘卻簡樸如天地初開的浪漫情懷？*Closer* 的老牌導演米克・尼高斯（Mike Nichols）比品特年輕一歲，品特曾為他寫過電影劇本 *The Remains of the Day*（改編自石黑一雄的得獎英文小說），可惜後來編與導都換了人，要到《深知我心》才再度合作，但品特並非編劇，只飾演愛瑪湯遜的父親。尼高斯對品特的戲劇素有涉獵，*Closer* 所探索的情慾奧秘，隱隱然帶有《情人》、《背叛》（*Betrayal*, 1978）和《紀念日》（*Celebration*, 1999）等品特戲劇的烙印。

《背叛》是個三角故事，一對夫妻從結婚當日開始，便知悉第三者的存在，那人是丈夫的好友，品時對情感的隱秘保持一貫冷峻的旁觀，丈夫早知妻子與好友通姦，卻一直壓抑著憤怒。三角戀是倒敘的，彷彿一切都是事過情遷、無可逆改也無可挽回的事實——三個人的三重背叛，都假定對方不了解事實的真相，彷彿無法以語言互相溝通，但觀眾卻眼巴巴看著舊的真相演變成虛假，而虛假逐漸演變成新的真相。

《紀念日》發生在一家高級餐廳，兩桌客人——慶祝結婚紀念的中年夫婦，以及熱戀中的青年男女。一首首老歌喚醒記憶，兩對男女發現彼此素有前緣，連侍者和經理也捲入虛構的浪漫。連串針鋒相對的男女關係、出人意表的獨白，品特以荒謬至極的喜劇形式，揭破婚姻生活的長期煎熬、喚起「純愛」的永恆鄉愁，真相原來就是人生的荒誕敗壞，教人無限低迴。

五

哈洛・品特對 Pinteresque 這標籤似乎並不受用，他的戲劇往往設定一個特殊的處境，呈現某些幽閉而微妙的人際關係，當中略帶神秘的人生感悟，未必見出慣常邏輯的絮果蘭因，他討厭戲劇的「因為」：「我們憑甚麼說這件事發生是因為那件事發生了，一件事是另一件事的結果？……生命比之戲劇所創造的人生要奇妙得多。」他執意於戲劇複雜性和曖昧性，演員和觀眾總可以從中發現富於回報的浮生偶感或頓悟。任何在舞台上和劇本上出現的歧義，他都要求觀眾或讀者自行解讀——他是創作人，不是占夢者。

《老日子》是品特爐火純青的力作：在一個秋涼的夜晚，一對夫妻的平淡生活突然出現了死海微瀾，妻子姬蒂二十年不見的女友安娜忽爾來訪，在談話過程中漸漸顯出安娜與姬蒂的關係，丈夫迪尼由局外人漸漸變成三角關係的其中一角，與安娜彷彿早有前緣，教人猜想他們有過隱密的關係。

安娜為甚麼來訪？為了迪尼還是為了姬蒂？為甚麼二十年來從未出現卻忽然現身？迪尼知道姬蒂和安娜二十年前一起住在倫敦嗎？他們談到一部二十年前的老電影，如果姬蒂的確看過，她跟誰看呢？安娜是迪尼的還是姬蒂的戀人？安娜是不是真的進入了一個人的夢境？還是她進入的那個夢，只是迪尼虛構的想像？會不會是姬蒂或安娜已經死了，整齣戲只是迪尼的記憶？

舞台上的演員，導演，以至劇作家本身，都不知道真相。戲劇本身也沒有提供線索讓觀眾去判斷。品特固執地否定一切真相，或者所謂真相都與戲劇意念無關。經驗創造了它自己的真相，品特的戲劇創造大量惹人遐想的細節，但總是不作任何闡明，趣味和神秘的謊言在於想像，觀眾從未看見朦朧的舞台以外的世界，但在舞台的特定處境裏，確有強烈的情慾鬥爭——與生俱來的反叛與恐懼，表層閃亮而內裏空無的浮生一夢。

六

貝克特的《等待果陀》（*Waiting for Godot*）一九五五年在倫敦首演。一九五七年，哈洛．品特完成了《啞侍者》，此劇到一九六〇年才上演。兩個戲劇有一個共通點，就是劇情都環繞著兩個男子的荒謬處境，他們都在焦慮而無聊地等待，都渴望接收外來的信息——來自看不見的「上帝」，告訴他們下一步怎麼辦。在《啞侍者》中，Ben 和 Gus 這兩個殺手在幽暗的伯明翰地下室等待下一項殺人任務，他們的「大佬」Wilson 從沒現身，傳遞信息的中介是「啞侍者」——這侍者不是人，是一部機器。

這部機器如今不大容易見到了，但在五十年代至七十年代，香港很多分成兩層、有樓上雅座的餐館都可以見到它的蹤跡——它是一部用來運送食物的小型升降機，英文叫做 dumbwaiter，品特在《啞侍者》中設計了三個角色，Ben 和 Gus 之外，這部被稱為「啞侍者」的食物升降機成為劇中非常獨特的第三個角色。Ben 和 Gus 不知道下一個要殺的是甚麼人，他們和「啞侍者」這部僅可以在命定軌跡活動的機器一樣，不知為何而活，荒謬的存活狀態彷彿與生俱來，他們被指令、被操縱，在一項任務和另一項之間，被囚禁在與世隔絕的餐館地下室。也許他們在無聊而焦慮的等待過程中，連一部食物升降機也不如，升降機還可以上升到地面接收並傳遞指令，他們只能獃在地下室胡謅度日。

Ben讀著舊報紙，驚嘆報上刊載的暴行——老翁因交通擠塞只好爬貨車底過馬路，卻給輾死了；八歲孩子殺害了一隻貓。Gus 總是坐立不安，神經質地脫了一隻鞋子，找遍不同的鞋筒，找到壓扁了的煙包，以及火柴；在洗手間與牀之間踱來踱去，總是拉不出冲厠水。他們想喝茶，但沒有零錢入煤氣角子機，因而沒法生火燒水……他們活在一無所有的地下囚室，活得極窩囊，想喝一口茶也辦不到，他們的命運被無形之手操縱，卻在等待指令去決定不知誰人的死活……這時，升降機格隆格隆的響起來了。

七

大概再沒有甚麼比品特的獨幕劇《啞侍者》的內容更荒謬。被囚禁於地下室的兩名殺手，跟外界（或上面）的溝通，全憑一部名為「啞侍者」的食物升降機，它不全然是啞的，因為它久不久便發出格隆格隆的聲響；但它確實是啞的，只是沉默地輸送有用或無用的信息，兩名殺手沒法跟它交談，沒法從它的嘴巴得知「上面」的真相。

Gus 老抱怨沒法好好睡覺，他說他只希望地下室有窗口。他老抱怨一生就虛耗在這個可惡的地下室。Ben 對 Gus 說，他們能被僱用算是走運了。Gus 問 Ben，早上他們出去「做嘢」，他為甚麼忽然煞停了汽車？Ben 說時間太早了。Gus 想看明天（星期六）的伯明翰足球隊比賽。但 Ben 說沒有時間了，他們必須準時回來地下室。Gus 提起他們一起曾經看過的伯明翰賽事。但 Ben 否認他們一起看過足球賽。兩個殺手的交談，一直都是牛頭不搭馬嘴。這時，一個信封由門下的空隙滑出來。Gus 打開了，裏面只有十二根火柴。他們都感到困擾。

他們的談話（其實是無聊透頂的胡謅）被「啞侍者」（輸送食物的升降機）格隆格隆的聲響打斷了。Gus 從升降機拔出一張紙，大聲讀出上面的食物訂單。升降機升到樓上去了。Ben 說，樓上以前是一家餐館，而地下室是廚房。升降機再下降了，Gus 再拔出另一張食物訂單。他們發現升降機有一條對講管道。Gus 於是對著管道大聲叫嚷：沒有食物呢。他們身在「廚房」，但只有少得可憐的食物，而食物升降機傳送的只是食物訂單，而不是他們想要的食物，這樣的處境跟他們的存在一樣荒謬透頂。兩個殺手（各有一支槍）和一部升降機在舞台上演繹的，正是荒謬透頂的人生。

最荒謬的大概還是終局，Gus 從洗手間卸下手槍再走出來，Ben 卻在升降機畔仔細地聽著對講管道的指令——漫長的沉默，在落幕前，兩人一直互相凝望，觀眾這才明白，Ben 被指令要殺的人，就是 Gus。

萊辛・共產黨・《此時・此刻》

一

在香港讀者眼中，以八十八歲高齡獲頒諾貝爾文學獎的英國女作家萊辛（Doris Lessing）也許算不上明星級作家（例如村上春樹或昆德拉），但她的小說早在上世紀五十年代年已有兩個中譯本，如今海峽兩岸的中譯本約有十個，說來倒是華文讀者的老朋友了；即使沒讀過她的小說，也許曾看過取材自她的《去十九號房間》（*To Room Nineteen*）的三分一部電影吧——還記得以三個故事交織而成的《此時・此刻》（*The Hours*）嗎？就是第二個故事，亦即由茱莉安摩亞（Julianne Moore）主演的那一段。

萊辛早在一九五四年便憑《短篇小說五篇》（*Five Short Novels*）贏得毛姆獎（Somerset Maugham Award），顧名思義，這個文學獎由毛姆創立，每年頒給三十五歲以下的英語作家，獲獎人都是一時的青年俊彥，包括兩位前諾貝爾文學獎得主希尼（Seamus Heaney）和奈保爾（V. S. Naipaul），可見此獎分量不輕。萊辛的小說在半世紀前極左的中國出版中譯本，大概跟毛姆獎無關，說來倒有一段曲折的因緣。

她原名叫Doris May Taylor，萊辛（Lessing）這個德國姓氏乃是夫姓——她在第二次世界大戰期間，與德國難民戈弗特．萊辛（Gottfried Lessing）邂逅，從而參加了一個馬克思組織，算是加入了共產黨，兩人在一九四五年結婚，四年後離異（那是她的第二段婚姻，第一段婚姻也只維持了四年）。兩人分道揚鑣，戈弗特．萊辛後來出任東德駐烏干達大使，而他的前度另一半則保留夫姓，以萊辛之名成為舉世聞名的小說家。

也許是由於她曾加入共產黨，也許由於她在南羅德西亞的農莊生活了二十七年，她早期的小說帶有社會主義批判寫實的色彩，遂獲中國共產黨視為「同志」——解步武在一九五五年譯了她的《渴望》（*Hunger*），由上海文藝聯合出版社出版；董秋斯在一九五八譯了她的《高原牛的家》（*A Home for the Highland Cattle*），由作家出版社出版。如此說來，中國人彷彿在半個世紀前已慧眼識萊辛了。

萊辛也有很多中國朋友，但那已經是中國改革開放以後的事了。《王蒙自傳》有一段記萊辛：「在蒙德羅，每天清晨我去下海游泳的時刻都會看到秀麗精悍、風度高雅的朵麗絲．萊辛去旅館的游泳池。我們互道早安，交流清晨游泳的感覺，彼此覺得親近」；「一九八八年我訪問英國時與她再次見面，並邀請她與另一以關心與介入現實而著名的英國女作家瑪格麗特．德拉寶（Margaret Drabble，通譯德拉布爾）訪華。一九九三年，她們二位訪華時我已自文化部下崗，但她們二人到寒舍來訪敘舊……」

上海作家協會副主席趙宏麗在〈做一個讀書人的幸福〉一文也談及萊辛：「十多年前，我接待過英國女作家萊辛，她的一句話曾給我留下深刻印象，也使我共鳴。她說，在英國，有高學歷的『野蠻人』愈來愈多。這些『野蠻人』，懂得最先進的科技知識，能操縱最複雜的機器，卻缺乏情感，缺乏情趣，缺乏寬容博愛的精神。造成他們『野蠻』的原因，是因為他們不讀文學作品。」

其實兩岸三地不乏萊辛專家，內地版《朵麗斯・萊辛短篇小說集》（台灣版改稱《一個男人和兩個女人的故事》）的譯者范文美是其中一位，她的譯序顯然就是一篇深入淺出的萊辛論文，據聞范文美曾在浸會大學英文系教授翻譯，是否仍在任就不得而知了。

二

萊辛很尊敬她的前輩吳爾芙（Virginia Woolf），她的《金色筆記》（*Golden Notebook*）裏的女作家名叫 Anna Wulf，Anna 讓人聯想到安娜・卡列妮娜（*Anna Karenina*），而 Wulf 則讓人聯想到吳爾芙；很多論者都認定萊辛的《去十九號房間》是向吳爾芙的《自己的房間》（*A Room of One's Own*）致敬。《此時・此刻》這部電影也是由吳爾芙說起的，電影改編自甘寧漢（Michael Cunningham）的同名小說，論者大多認為《此時・此刻》與吳爾芙的《戴洛威夫人》（*Mrs. Dalloway*）有文本互涉的關係，但沒有多少人注意到電影的第二個故事取材自《去十九號房間》。

《去十九號房間》的女主角蘇珊幾乎擁有中產家庭主婦的一切夢想，丈夫長得好看，收入足以讓六口之家（夫婦及四名子女）住在市郊的花園平房，但蘇珊卻老覺得失去自由，於是一而再在丈夫上班、孩子上學之後坐火車到處尋找可租住一個下午的房間，最後找到一家時鐘旅館的十九號房間，靜靜的坐一個下午便感到安寧。最後，她在十十九號房間關好窗戶，扭開煤氣，躺到床上（一年多以來第一次，之前她只坐不睡），聞到床上的霉味、汗味、性交味：「她覺得十分滿意，靜聽煤氣微小柔和的絲絲聲，流入房間，流入她肺部，流入她腦中。她漂入黑暗的河流中」。這不就是《此時．此刻》的茱莉安摩亞嗎？

茱莉安摩亞帶到旅館的一本書，是吳爾芙的《戴洛威夫人》；最意味深長的是，她的房間也是十九號。如此說來，萊辛是三分一部電影的無名英雄了。

三

話說美國女小說家喬哀斯．奧茲（Joyce Carol Oates）很欣賞萊辛，有一次跟萊辛對談，談到反戰，萊辛說：「我們憑甚麼認定反戰者有那麼偉大？」奧茲一時語塞。這其實是萊辛慣常的語鋒：反戰不一定比支持戰爭正確，猶如白人不一定壞而黑人不一定好，兒童不一定比成人善良，女性不一定比男性悲慘——她尤其不願意將《金色筆記》定義為女性主義經典，她在序言中說，她很理解婦解，但她的作品並不是婦解的號角；她也曾公開直言：「沒有人須為自己身為男性而抱歉。」真是非常政治不正確，可這就是她作為小說家的思維方式：沒有固定的正或邪、善或惡，也沒有永恆不變的人生規律。此所以她從不承認自己是女性主義者，正如她當了一陣子共產黨，便回到自由世界。

她在八十年代曾化名 Jane Somers，給出版商投了兩本書稿，不用說，結果是退稿。這兩本書是《一位好鄰居的日記》（*The Diary of a Good Neighbour*）和《要是長者能夠》（*If the Old Could*），最終她還是堅持以 Jane Somers 的名義出版了。她這樣做，不光光為了開出版商的玩笑，只是要提醒讀者，切勿迷信權威與慣性。

這權威，這慣性，不但指向大出版社，還指向成名的作家——她自己就不斷求變，不光光改變筆名，這只是符號或形式，更重要的是寫甚麼和怎樣寫，此所以她的小說數十年來花樣層出不窮，有前期的批判寫實，也有中期的心理分析和蘇菲主義迷思，更有晚期的「內太空」（Inner space）探索——她就是執拗，不願意稱之為「科幻小說」；既寫人的生存處境，也寫動物（尤其是貓）的生存之道；既寫成人複雜而多變的陰暗內心，也寫兒童的醜陋與野蠻——尤其是《第五個孩子》（*The Fifth Child*）和《浮世畸零人》（*Ben, in the World*）。

萊辛獲頒諾貝爾文學獎，當然不算「冷門」，半世紀以來，這位「曾祖母級」小說家創作不懈，堪稱著作等身，而且獲獎無數——她究竟贏過多少個歐美的重要文學獎，恐怕連她自己也記不清楚了，可只欠新聞和公關意義大於一切的這一項；感謝上主，讓她活到八十八歲，不然，我們只好眼巴巴的看著她的晚輩如莫里森（Toni Morrison）、耶利內克（Georg

Jellinek）風風光光走進瑞典皇家學院致辭，心想要隔若干年才再見另一位女作家了——儘管對於這樣落伍而不離現實的兩性念頭，她大概只會嗤之以鼻。

萊辛與貓：貓的一生就是人的一生

一

二〇〇七年諾貝爾文學獎得主萊辛是愛貓之人，她寫過三本「貓書」：《特別的貓》（*Particularly Cats*）、《大難不死的魯夫思》（*Rufus the Survivor*）和《大帥貓的晚年》（*The old age of El Magnifico*）。

萊辛童年時代住在非洲南部羅德西亞的一個農莊，當地有很多家貓和野貓，由於數量太多，出現「貓滿之患」，農民便像毒殺老鼠那樣，用毒藥來毒殺貓兒，也有人千方百計捕殺貓兒，對貓迷來說，那是一個殘酷而悲慘的世界——貓不再是寵物，而是農民的公敵。萊辛寫貓，很冷靜，也很深情，筆觸既冷靜又熱情，把悲情的貓世界寫得有血有淚。

在《特別的貓》裏，有一隻「三腳貓」，名叫「巴奇奇」，驕傲聰慧，萊辛稱牠為「英俊的野獸」：牠「趴在我的床上曬太陽，一隻長而優雅的爪子隨意搭在另一隻前掌上，而我撫摸那條即將被切除的腿，滿懷愛意地搓揉那蜷曲起來握住我手指的爪子，像他小時候我常做的那樣，把手指插進牠蜷縮的腳掌裏去時，牠那小小的爪子立刻繞過來包住我的小指尖，一想到那毛茸茸的美麗前肢將會被扔進焚化爐裏，我就不禁悲痛欲絕。」視貓兒為寵物的現代城市人讀了此書，不免心酸，甚至心痛。

萊辛愛貓，可她筆下的貓並非一般的寵物，而是像人類那樣，有善良的一面，也有醜惡的一面，此所以她稱貓為「英俊的野獸」——牠們本來就是野性不馴的獸類，只是人類寵牠們之餘，也主觀地在牠們身上投射了過剩的感情，她說：「人和貓雖是不同族類，但我們總是企圖越過那阻隔兩者的鴻溝。」

她的短篇小說《老婦人和她的貓》（*An Old Woman and Her Cat*）、散文《大帥貓的晚年》，寫的都是老貓——人老了，貓也老了，那是時間積累起來的感情，很複雜。她在《大帥貓的晚年》中說：「擁有貓是多麼奢侈啊，使你的生活中時時充滿令人驚艷的喜悅，讓你體會到用手掌撫觸一頭野獸光澤柔軟皮毛的美好感覺……」養貓當然不僅僅是為了摸牠的皮毛，她筆下的大帥貓曾是貓領袖，因患了腫瘤而切除一條腿；從此變成「三腳貓」，餘生只能在屈辱苟存。那屈辱，倒不知道是貓性如此，還是投射了人的主觀感情。

二

萊辛筆下的貓性格各異，可都不像〈老婦人和她的貓〉裏 Tibby 那麼野，那麼狡黠，那麼不在乎，那麼無情；Tibby 大概就是主人Hetty的一面鏡子：貓的一生就是人的一生。

在這篇小說裏，獨居老婦 Hetty 養了一頭名叫 Tibby 的貓，人獨立而倔強，貓亦如是；Hetty 跟子女很疏離，倒珍藏了女兒寄給她的聖誕卡；她靠買賣故衣過活，「房間擺滿了顏色鮮豔的小布塊……捨不得賣的衣服」。公屋「也有其他的街邊擺攤者，但由於她的經營手法有點甚麼問題，她失去了朋友」，鄰居都說她變怪了，她倒不在乎。

Tibby 很野，一天到晚在外獵鴿子，常常弄得遍體鱗傷，有時帶一隻鴿子回來，她總罵牠：「老髒鬼，吃骯髒的鴿子。你認為自己是甚麼，野貓？規矩的貓不吃骯髒的鳥，只有那些老吉卜賽人才把野鳥燉來吃。」可照舊把鴿子燉來吃。

她甚麼也不在乎，只在乎那頭「老髒鬼」，相依至死，做夢也想不到，在她臨終時貓竟悄悄離她而去——這流浪貓最後被市政人員捉了，牠太老，又一身惡臭，因此給牠打了一針，「讓牠安息」。

三

這教我想起西西也愛貓，但她只看不養，看的是朋友的「貓兒妹」，看得細緻入微，看到牠可愛，也想養一隻，「但還是放棄了，因為不知道能照顧牠多久，養貓是十年二十年的事，我沒有把握陪伴牠一生一世。」萊辛筆下的貓，正是給主人養了一生一世，所以都老了。

西西的〈看貓〉有兩隻貓——大貓和小貓，也是性格各異，大貓較靜，愛洗澡；小貓好動，抗拒洗澡。大貓叫「貓兒妹」，對於火，真是同貓不同命，牠沒有小黑那麼膽小，也沒那麼好運氣，因為「不知道火的可怕，一日躍上廚房灶頭，看水龍頭滴水，用手去打，沒想到尾巴擺到背後剛燒沸了的水壺，結果燒焦了一撮毛，用鼻子湊近水壺，又燒斷兩根鬍子」。

西西說：「朋友的貓就當自己的貓好了……」這份釋然，萊辛（或她小說中的老婦）恐怕辦不到，〈老婦人和她的貓〉最動人的，是人貓相依為命——無論生病痛苦，貧窮勞碌，此志不渝；老婦為老貓流浪至死，她放棄了入住安老院，就是捨不得老貓，可老貓呢，在她彌留時便棄她而去，這是貓性嗎？不知道，只是覺得很悲涼。

四

萊辛筆下最有趣的貓，是小黑和小灰。她剛搬進一間老房子，有一座大壁爐，她點了爐火，小灰嚇得大叫，逃到樓上的床底下；小黑卻躺在椅子上，靜觀爐火，牠似乎知道，只要別靠得太近，沒甚麼好害怕。

不多久，兩隻貓便放膽走近爐火，小灰蹲在窗台，叫了幾聲，便走近幾步，在火爐前的毯子坐下，耳朵向後，尾巴搖曳，專注看著熊熊烈火——爐火令牠很舒服，牠在火前臥倒翻滾，把淺色肚子翻向熱源，似乎跟爐火已冰釋前嫌。

很多中國作家和詩人也愛貓，也寫了不少以貓為題材的美文。上海的「張愛玲專家」陳子善編了一本「貓書」，書名就叫做《貓啊，貓》，收錄了五十九篇寫貓的文章，很惹人喜愛。

詩人徐志摩筆下的貓很詩意，題目正是〈一個詩人〉：「我的貓，她是美麗與壯健的化身，今夜坐對著新生的發珠光的爐火，似乎在訝異這溫暖的來處的神奇。我想她是倦了的，但她還不捨得就此窩下去閉上眼睡，真可愛是這一汪的紅艷」，她像一個詩人「在靜觀一個秋林的晚照。我的貓，這一晌至少，是一個詩人，一個純粹的詩人。」

豐子愷有一幀與貓合影的照片：他戴了一頂絨帽，在看書，一隻小白貓蹲在帽子上取暖，彷彿也跟主人一起讀書。豐子愷養過兩隻白貓，大的叫白象，小的叫阿咪（她的父親是中國貓，母親是外國貓，毛長似兔，很可愛，蹲在主人帽子上的可能就是她），白象可沒有阿咪那麼幸福，她在抗戰時跟隨主人顛沛流離，曾寄人籬下，抗戰勝利後輾轉回到主人身邊，生了五隻小貓，可在臨終時失蹤——原來她不願死在家中；這貓生逢亂世，很悲情，她的一生就像人的一生，真教貓迷同聲一哭了。

萊辛與蘇菲主義

英國「曾祖母級」作家萊辛獲頒諾貝爾文學獎，她活到八十八歲，可在電視新聞所見，老太太還是精神奕奕——據說在獎項宣佈的時候，她剛好外出購物。

她的一生很長，也很傳奇——她十四歲輟學，堪稱自學成才；她在二戰期間曾加入一個馬克思組織，故此有人說她是共產黨；她寫過不少探討女性命運的小說，諸如《金色筆記》、《去十九號房間》，故被稱為女性主義先鋒（她當然拒載這頂帽子）；她在六十年代初接受蘇菲（Sufi）大師愛覺夏（Idries Shah）的指導，研習神秘的靈修，因而寫了一批被她稱為「內太空」（Inner space）探索的科幻小說……

很多論者指出，萊辛的「內太空小說」隱含有強烈的蘇菲精神，但很少人能說清楚「蘇菲」是甚麼。其實「蘇菲主義」不是教派，印度的奧修大師（Osho）在《蘇菲心靈之旅》（*Journey to the Heart: Discourses on the Sufi*）一書指出：「蘇菲是宗教最本質、最內在核心的精髓所在。蘇菲並不是回教的一部分，恰好相反，回教才是蘇菲的一部分……回教出現後終將消失……但蘇菲卻是永恆的……因為它不是教條，而是宗教真正的本質。」

波斯詩人魯米（Jalaludin Rumi）正是著名的蘇菲主義者，他以獨特的詩歌、音樂和迴旋舞成為「旋轉的苦修僧」（wirling dervishes），將信眾引向「與真主合一的境界」。

蘇菲主義的核心精神是「愛」：人與神的關係即愛者（lover）和被愛者（beloved）。魯米這位十三世紀的蘇菲詩人的詩歌傳誦至今，還能喚起現代人的共鳴，原因只有一個：那就是愛。

萊辛的導師愛覺夏在《蘇非之道》（*The way of the Sufi*）一書指出：「只要抓住有意識的轉化個人知覺及心識的觀念，就可以了解蘇菲為幫助眾生所做的一切教導。」又說蘇菲主派的悖論「源於反對極權主義和社會封閉的抗議運動。那時文化由少數人操縱，只有他們的觀點才能發表……」他又引用魯米的詩——「把兩隻鳥綁在一起，它們儘管有了四隻翅膀也不會飛」——以說明蘇菲的精神：反對教條，追求永恆的自由。

「蘇菲」一詞原指穿粗毛長袍的人，寓意不追求物質和享樂，通過苦修不斷自我淨化。最重要的儀式是「齊克爾」（Zikr）：反覆背誦頌經文，配合詩樂和迴旋舞，進入恍惚、忘我、狂喜的境界，體驗與真主合一。

魯米有一篇詩，題為〈客棧〉：「做人就像是一家客棧／每個早晨，都是一位新來的客人」；「喜悅、沮喪、卑鄙／一瞬的覺悟來臨／就像一個意外的訪客」；「如果是陰暗的思想、羞恥和怨恨／你也要在門口笑臉相迎／邀請他們進來」；「無論誰來，都要感激／因為每一位都是／由世外派來／指引你的嚮導」；這就是蘇菲開放待人的精神。

略薩：條蟲和怪獸的異議

秘魯作家略薩（Mario Vargas Llosa）較早時訪華，在上海外國語大學逸夫會堂演講，這位諾貝爾文學獎得主毫不含糊地呼籲釋放劉曉波（儘管在溫家寶訪問歐洲前夕，獲釋的「人質」是艾未未），他的演說其實也毫不含糊地表達了異議者的聲音：他不接受「本來就是這樣」的世界，他覺得世界應該改變得更好，那是文學作者的社會責任，他稱之為「改變的發動機」。要深入了解略薩這個異議者的小說世界，《給青年小說家的信》（*Letters to a Young Novelist*）無疑是一本很有用的入門書。

《給青年小說家的信》寫於一九九七年，我在上海停留了四天，每天都讀此書的兩三封信，閱讀此書，首先要掌握兩個關鍵詞：條蟲（tapeworm）和卡托布萊帕斯（Catoblepas），前者是一種巨大的腸道寄生蟲，會不惜吃掉自己體內的一切營養和精華；後者則是一種只存活於尼羅河源頭的異獸，會不惜吃掉自己的四肢。

第一封信是〈條蟲寓言〉（The Parable of the Tapeworm），略薩指出：虛構小說描寫的生活絕對不是隨意編造的，而是創造的生活，在現實中無從體驗的生活，作家和讀者只能以間接和主觀的方式來體驗這種夢想和虛構的生活。略薩認為優秀的小說家跟十九世紀某些貴夫人的做法如出一轍：她們為了恢復窈窕身材就吞吃條蟲。條蟲一旦鑽進小說家體內，「就安家落戶了：吸收他的營養，同他一道成長，用他的血肉壯大自己，很難、很難把這條條蟲驅逐出境，因為它已經牢牢地建立了殖民地」。

〈條蟲寓言〉要說的是「文學抱負」，總是以作家的生命為營養，就如略薩最欣賞的福樓拜（Gustave Flaubert, 1821-1880）所言：「寫作是一種生活方式。那是說，誰把這美好而耗費精力的才能掌握到手，他就不是為生活寫作，而是為了寫作而生活。」

第二封信是〈卡托布萊帕斯〉（The Catoblepas），略薩指出：小說家的使命一如將自己的肢體吃掉的異獸：他再看不到任何植物，愈來愈飢餓，終於吃掉自己笨重短小的四條腳。小說家就像卡托布萊帕斯吃掉自己的生活經驗，永遠向生存的現實處境說「不」，因此成為永遠不認命的異議者。

略薩在此書也談到小說技巧，他在〈中國套盒〉（Chinese Boxes）指出：「為了讓故事具有說服力，小說家使用的另外一個手段，我們可以稱之為『中國套盒』……大套盒裏容納形狀相似但體積較小的一系列套盒……一個主要故事生發出另外一個或者幾個派生出來的故事……不是單純的並置，而是共生或者具有迷人和互相影響效果的聯合體的時候，這個手段就有了創造性的效果。」那是略薩小說常用的技巧。

他常用的另一種技巧是〈連通管〉（Communicating Vessels）：「在一個場景里，發生了兩件（甚至三件）不同的事情，它們用交叉的方式敘述出來，互相感染，又在一定程度上互相修正。由於是這種結構方式，這些不同的事件因為是連結在一個連通管系統中，就互相交流經驗，並且在它們中間建立起一種互相影響的關係；有了這種關係，這些事件就融合在一個統一體……」

他這樣為連通管下定義：

> 發生在不同時間、空間和現實層面的兩個或者更多的故事情節，按照敘述者的決定統一在一個敘事整體中，目的是讓這樣的交叉或者混合限制著不同情節的發展，給每個情節不斷補充意義、氣氛、象徵性……

這技巧的關鍵在於兩段情節之間要有「交往」和「連通」，這是拼貼畫的技巧，「把兩個不同的時間和文化聯繫在一個統一的敘事體中，造成一個新現實的出現，後者從質量上區別於兩個現實的簡單融合」。

略薩建議小說家和小說讀者都要好好的讀一讀福樓拜的書信集，尤其是他創作《包法利夫人》（*Madame Bovary*）時，寫給情人路易莎．科勒（Louise Colet）的信。他說：「我在創作最初那幾部作品時，閱讀這些書信讓我受益匪淺。」

略薩也談到小說的說服力和風格：一個故事的說服力並不僅僅取決於前面所說的風格的連貫性，但「如果沒有這一連貫性，那可信性要麼不存在」，只有連貫性，才讓風格產生應有的效果。一部虛構小說的主權不在於現實，它始終是一種虛構，「一說到虛構，我總是非常小心翼翼地談到一種『主權幻想』、『一個獨立存在的印象、從現實世界裏解放出來的印象』。」

那麼，小說語言是否有效到底取決於甚麼？他認為「取決於兩個特性」：「內部的凝聚力和必要性。小說講述的故事可以是不連貫的，但塑造故事的語言必須是連貫的，為的是讓前者的不連貫可以成功地偽裝成名副其實的樣子並且有生命力。」

作品與蜘蛛——思考一個故事

一

還有多少人讀昆德拉（Milan Kundera）呢？有此一問，是由於自九十年代以降，他的小說傾向於沉思，故事性不免較為薄弱——《不朽》（*Immortality*）、《緩慢》（*Slowness*）、《身分》（*Identity*）和《無知》（*Ignorance*）俱如是，已經無復《生命中不能承受的輕》（*The Unbearable Lightness of Being*）、《笑忘書》（*The Book of Laughter and Forgetting*）的神采飛揚了。

其實這也不足為奇，昆德拉曾在《小說的藝術》（*The Art of the Novel*）的一篇文章——〈六十三個詞〉（Sixty-three Words）中說過，小說有三種基本的可能性：

講述一個故事（tell a story），以英國的菲爾丁（Henry Fielding, 1707-1754）為代表；

描寫一個故事（describe a story），以法國的福樓拜（Gustave Flaubert, 1821-1880）為代表；

思考一個故事（think a story），以奧地利的穆齊爾（Robert Musil, 1880-1942）為代表。

他推崇穆齊爾的沉思小說。他認為十九世紀的小說描述與當時的精神（實證的、科學的）是和諧一致的；將小說建基於沉思，在二十世紀這個不再喜歡思考的時代，倒是一種精神上的背反。北京大學德文系教授張榮昌在二〇〇〇年中譯了穆齊爾未完成的三卷本長篇《沒有個性的人》（*The Man Without Qualities*），曾掀起一陣「穆齊爾熱」。

《古登堡輓歌》（*The Gutenberg Elegies*）、《人造的荒野：二十世紀文學評論集》（*An Artificial Wilderness: Essays on 20th-Century Literature*）的作者伯克茨（Sven Birkerts）是少數能讀完而且深愛《沒有個性的人》的當代評論家，他對這本厚達一一七〇頁的鉅著有此感嘆：

> 讀了這部講述維也納戰前生活的鉅著，恍如置身於斯時的綺麗世界。於是心理上出現更為熟悉的親近感，某種新的意念便油然而生。閱讀重新使我回歸寫作，只不過此時讓我激動不已的不再是小說，而是思考。我受到強烈的驅動再往前走一步，用手中的筆捕捉我的各種感覺和靈動。
>
> 為了寫一篇文章，評論穆西爾和他未完成的傑作，我苦苦煎熬了幾個星期。我查看了所有經過翻譯的資料；我還翻閱了一些介紹二十世紀最初幾十年維也納文化的

書籍。我展開密集的想像，設想自己生活在昔年的世界，置身於狹窄的街巷、公園、咖啡館，體驗維也納市民恭行如儀的社會生活。舊世界的習俗和繁文縟節紛紛映入眼簾，我似乎清清楚楚目睹了一切。我唯一沒看見的是平淡顯見的一面。直到幾十年後我撰寫回憶錄接近尾聲時，才如夢初醒。

我的想法是：我囿於生動想像中的世界已久，本質上與我成長時期耳濡目染的故事天地休戚相關。穆西爾筆下的維也納——特定的時代、特有的文化、濃郁的巴洛克式場景——從很多方面來說以精心篩選的方式映現了麗嘉（Riga）的風貌，折射了我祖父母的生活經歷，也或多或少顯露出我夢想中父母童年時代的情景。我以往的種種憧憬不由自主地來源於我自幼儲存的記憶。我發現我得到的任何家庭教養，引起我沉思的照片和明信片（儘管我執著地渴望被同化，成為一個普通美國男孩），與穆西爾小說中讓我著迷的情景和氛圍保持著延續相通，生命力直接傳遞的關係。我對他筆下的歐洲耳熟能詳；我浸潤其間，親密融洽，正因為如此我才處處受到促動。」

昆德拉在《小說的藝術》中指出：小說作為世界的樣板，建立在事物相對性與模糊性的基礎上，它與專制的世界是不相容的；創造想像的田園，將道德判斷在其間中止，乃是意義極大的功績；只有這樣，想像的人物才得以充分發展，也就是說，人物不是善與惡的範例，或作為互相對抗的客觀規律的代表，而是作為自主的、建立在個性之上的人。

他不可能再寫《笑忘書》了，因為他再找不到「專制的世界」，最終只能以「沉思」取代精神抗爭，小說遂變成「軟哲學」。他認為在一個人擁有自己的權利之前，已經把自己塑造成個體——這是歐洲小說藝術長期實踐的結果，因為小說藝術教讀者對他人好奇，試圖理解他人的真理。他指出：就這一點來說，喬朗（Emile Michel Cioran）把歐洲社會命名為「小說的社會」，把歐洲人說成「小說的兒子」，自有其道理。

二

喬朗是羅馬尼亞裔法國哲學家，一個隱姓埋名、不拋頭露面、默默無聞地生活的沉思者，也是極出色的哲學散文家。他認為「寫作就是釋放自己的懊悔和積怨，傾吐自己的奧秘」。他的其中一則「沉思錄」說：

當人們正準備著毒鴆時，蘇格拉底（Socrates）卻用長笛練習一首曲子。有人問他：「這還有甚麼用呢？」蘇格拉底答道：「至少在死亡之前，我還學會了一首曲子。」

喬朗對昆德拉有多大影響？兩人都在法國的自由空氣裏找到自己，喬朗說：

B還是個窮孩子時，常常向我講述生活的虛無；發財之後，他只會講述庸俗的故事了。不付出代價，你難以脫離貧困。任何形式的擁有都會導致精神死亡。

他對一個作家的獨特性和天賦有此辨證的思考：

> 一個作家愈是獨特，就愈有過時和令人生厭的危險：一旦我們習慣了他的花招，他也就完了。真正的獨特並不意識到自己的手段。一個作家必須被自己的天賦所推動，而不是去指揮和挖掘天賦。

喬朗還有一名句：「我們並不是生活在一個國家裏，而是生活在一種語言裏。」我猜昆德拉也同意這說法，他跟喬朗都在法語中再生，在某種意義上遠離了原國籍——喬朗不是活在羅馬尼亞，昆德拉也不是活在捷克。這樣的思想，也許就是二十世紀的大遷徙精神，比如馮內果（Kurt Vonnegut）便自稱「沒有國家的人」。

喬朗只能在孤獨的沉思中發現自己，他說：

> 將別人趕出你的思想，不要讓任何外在事物損壞你的孤獨，讓那些弄臣去尋找同類吧。他人只會削弱你、逼迫你扮演一種角色；將姿態從你的生活中排除吧，你僅僅屬於本質。

他堅信只有如此才不會吃天賦的老本：「一個精明的靈魂逃離自己的天賦，也就是說，開創自己的天賦。難道不就是有關文學創造者的定義嗎？」他一如昆德拉，總是在孤獨的沉思裏以逆向思維重新認識世界。喬朗認為自由一如幸福，並不是必然的：

自由如同健康：唯有當你失去它時，它才有價值，你也才會意識到它。對於那些擁有它的人，它既不能成為一種理想，也不會構成一種魅力。所謂的「自由世界」，對於它本身而言，只是個空蕩蕩的世界。

此所以他相信「滿懷激情說出的謬誤，比之用平淡無味的語言表達的真理，更討人喜歡」。

三

昆德拉的《被背叛的遺囑》（*Testaments Betrayed*）有一篇文章，叫做〈作品與蜘蛛〉（Works and Spiders），由黑格爾（Georg W.F. Hegel, 1770-1831）的《美學》（*Aesthetics*）談起：這本書給人一種印象：它有鷹一般的眼光，它是「數百個英勇的蜘蛛合作的作品，蜘蛛們編織網路去覆蓋所有的角落」。昆德拉要說的，正是作品的組織和結構。

他所說的作品，是哲學，是小說，也是音樂；他談到童年時跟一位猶太音樂家學彈鋼琴：

下課後他送我走，在門前他突然停下對我說：『貝多芬有許多讓人驚訝的差勁的樂段。正是這些差勁的樂段使強烈的樂段得以顯現價值。好比一片草坪，沒有它，我們不可能在長在它上面的一棵漂亮的樹下享受快樂。

這番話一直留在他的記憶裏，他慶幸「能夠聽到先生傾訴心裏的隱秘，聽到一個秘密，一個只有入門者才有權獲得的大詭計」。他把這種感悟稱為「忘形」（ecstasy），並且認定小說就是一種「忘形」，讓一個人在某一處境中「脫離了自己」（being outside oneself）——那不是回到從前或未末的夢境，剛好相反，那是忘卻了從前和未來，只是在那一瞬間確認了、存活於「當下」。

那位不知名的猶太音樂家對昆德拉的影響，不限於音樂欣賞，箇中道理其後還融合於昆德拉的小說創作。他又談到「仲介的樂段」，比如弗朗克（Cesar Franck，比利時裔法國作曲家）所說的「橋」：一部作品中，有些段落具有一種意義（一些主題），而其他段落則為前者服務，既不強烈，也不重要」，他認為那是音樂的內在矛盾：「靈感與技術有可能不斷地被分開；某種二分法在自發的與製作的之間產生……」

這何嘗不是小說結構的矛盾？他總是以音樂對照小說，並且從音樂的問題推斷到小說的問題：

所有時代的音樂都包含它的結構性困難；正是它們邀請作者去尋找前所未有的解決辦法，並因此而發動形式的演進。

他談到蕭邦（Frederic Chopin）和契訶夫（Anton Tchekhov）：

> 契訶夫從不寫長篇小說，和他一樣，蕭邦對大作品賭氣，差不多只寫一些收為樂集的音樂短曲（有幾個例外對這個規矩是個確認：他的鋼琴與管弦樂協奏曲都是差的）。他逆時代精神而行，那個時代認為創作一部交響樂、一部協奏曲、一部四重奏是作曲家地位的必要標準……

蕭邦恰恰迴避了這個標準，「但他的作品或許是他的時代唯一的，絲毫不衰老，完全地富有活力的作品」，他稱之為「蕭邦的策略」。

他從而推論，讓小說自成結構好了，不必為小說強加結構，那才是小說式的思考——自拉伯雷（Francois Rabelais, 1493-1553）以降的小說所經歷的旅程：

> （小說）從來都是非系統化的，無紀律的；它與尼采（Friedrich Wilhelm Nietzsche）的思想相接近；它是實驗性的；它將所有包圍我們的思想體系沖出缺口；它研究（尤其通過人物）反思的所有道路，努力走到它們每一條的盡頭。

他認為，從美學上看，所有這些，無價值的或深刻的，都具有同樣的重要性。

他自稱成長於「大恐怖時代」，他童年時跟一位猶太音樂家學習樂理，是由於他的父親對猶太人的同情，在他看來，這同情其實包納了一份向強權說「不」、敢於反抗一切悖理和非理性，那是一份精神力量：他說他貪婪地追求的東西，就是一種慾望，就是一種清醒的、看破世事的目光。這目光正是他讀黑格爾的《美學》時，深受感動的「鷹一般的眼光」。

他說：「我終於在小說的藝術中找到了『它』」：

> 這也是為甚麼對於我，作為小說家，不僅是實踐一種文學的形式；它是一種態度，一種智慧，一種立場；一種排斥與任何政治、宗教、意識形態、道德和集體相認同的立場。

是的，那是一種清醒的、覺悟的、不屈不撓的、滿腔憤怒的「拒絕同化」，「它的構成不是作為逃避或被動，而是作為抵抗，挑戰，反抗」。

他青年時代便愛上了現代藝術——繪畫、音樂和詩。現代藝術源於對進步的幻想，以及它的美學的與政治的雙重革命，帶有「抒情精神」的烙印。他說自己「像患流行感冒一樣」，對於那些現代藝術作品的愛，一直絲毫沒有改變。

他喜愛穆齊爾的小說，認為那是「關於存在的提問」：「如果一切都成為主題，背景便消失了，有如在一幅立體派畫上，只有前景」；在那些被取消的背景中，他「看到了穆齊爾所進行的結構性革命」。

他從黑格爾和尼采的哲學、從貝多芬（Ludwig van Beethoven）和蕭邦的音樂、從拉伯雷和穆齊爾的小說，發現了作品結構的秘密，並且以《笑忘書》實踐了一種新的小說結構：那是一部七個部分完全獨立的小說，「但它的統一達到一種地步，以致每一章如果分開來讀，就會失去大部分的意義。」

他完成了《笑忘書》，才發覺自己「對小說的藝術的不信任頓時消失了」：

> 我給每一章以短篇小說的特點，從而使小說大結構不可避免的技術變為無用……這是否意味著短篇小說是小說的小形式？是的，短篇小說與小說之間沒有語義學上的區別，然而在小說與詩，小說與戲劇之間卻有。我們是辭彙量的受害者，沒有唯一的詞來包容這兩個：大的，小的，同一藝術的形式。

透過《笑忘書》的小結構，昆德拉終於明白，它們是這樣連接起來的：「它們要是沒有任何共同的情節，唯一維繫它們在一起，使它們成為一部小說的，就是主題的統一性。」他從而發覺，自己「遇到了另一個古老的戰略」：「貝多芬的變調戰略；靠它，我便能和若干個使我入迷的有關存在的問題保持直接的和不中斷的聯繫，這些問題在這個變調小說中，逐步地從多個角度被開掘」，而「這種主題的逐步開掘有一個邏輯：是它決定了各章節的連鎖」。

小說的智慧

一

早些時寫過一篇文章，提及昆德拉所說的「小說的智慧」，那一次討論的是陳寶珍的小說集，對「小說的智慧」的解釋恐怕有點語焉不詳，於是引起了一些小誤會。一直想澄清一下這個問題，最近讀到昆德拉的《小說的藝術》，正好借來一用，自圓其說。

昆德拉所說的「小說的智慧」，是一種不確定的智慧。他引述奧地利小說家布洛赫（Hermann Broch, 1886-1951）的觀點：小說唯一的存在理由，就是去發現唯有小說才能夠發現的東西；從而說明「認識是小說唯一的道德」。

他認為要把某種不確定的智慧當作唯一的確定性，才可以透過小說來認識世界的多重模糊性；只有偉大的小說家——比如塞萬提斯（Miguel de Cervantes Saavedra, 1547-

1616）、巴爾扎克（Honoré de Balzac, 1799-1850）、托爾斯泰、普魯斯特（Marcel Proust, 1871-1922）、湯瑪斯曼、喬哀思（James Joyce, 1882-1941）、卡夫卡（Franz Kafka, 1883-1924）、哈錫克（Jaroslav Hasek, 1883-1923）等等，才可以看到、感到、把握到「現代的終極悖謬的時刻」：非理性的戰爭、一頭來自外部而不是發自內心的叫做歷史的魔鬼、由大自然的主宰降格為十足的物——人的具體存在的危機。

昆德拉熟讀哲學，他的文章不斷引述胡塞爾（Edmund Husserl, 1859-1938）、海德格爾（Martin Heidegger, 1889-1976）、黑格爾、笛卡兒（Rene Descartes, 1596-1650），而且非常精要地以小說家的理解力去闡釋這些歐洲哲學大師的觀點，欲不忘說：所有歐洲哲學大師分析過的關於存在的重要課題，都在四個世紀以來的小說中得以揭示、描繪、闡明——

對塞萬提斯和他的同代人而言，小說探詢冒險的本質；對英國小說家李察遜（Samuel Richardson, 1689-1761）而言，小說開始考察「內心發生了甚麼」，開始揭示情感的秘密生活；對巴爾扎克而言，小說發現了人在歷史中的根底；對福樓拜而言，小說探討了從前不知道的日常生活領域……

在昆德拉的心目中，小說家也像哲學那樣提示了這個時代的多重性——既是衰落，也是進步，在其開始就埋下了終結的種子；對他來說，現代世紀的開創者不僅是笛卡兒，同時還有塞萬提斯；他自稱：「不以任何事物為歸宿，只皈依於已被貶值了的塞萬提斯的遺產」。他繼續舉列小說家如何揭示、描繪、闡明歐洲哲學大師分析過的關於存在的重要課題——

對托爾斯泰而言，小說集中注意於人類行為和決定中非理性因素的入侵；對普爾魯斯特而言，小說探究的是難以提摸的過去：一種逝去了的時間；對喬哀思而言，小說探究的是難以捉摸的現在：一種在逝去中的時間；對湯瑪斯曼而言，小說考察了控制人類現在行動的，來自遙遠過去的神話的作用……

我們也許不曾讀過那麼多的小說，但我們絕不懷疑小說曾經對生命的重要課題有過昆德拉所說的那些探究和理解：小說有一種不為他物所代替的智慧，對昆德拉而言，那毋寧是一個拒絕簡單化的過程。

二

昆德拉說：伴隨「地球歷史統一這一人道主義夢想」而來的，是令人暈眩的簡化過程，簡單化的白蟻已常常在吞噬生命：它把人的生命簡化為它的社會功能、把一個民族的歷史簡化為一些小事，而這些小事又被簡化為一種帶傾向性的解釋，它把社會生活簡化為政治鬥爭、再簡化為只化為兩個超級強權國家的對抗。

是的，如果小說真有甚麼智慧，那一定是不同於哲學和科學的智慧，而是一種恆常探究、沒完沒了、以不確定為其唯一確定性的智慧，也是一種拒絕簡單化智慧—昆德拉說：小說的精神是複雜性的精神，每一部小說都對讀者說「事情並不像你想像中的那麼簡單」，這些小說永不止息的複雜性，在他看來，乃千古不變的真理。

昆德拉說：「人與自己靈魂的魔鬼格鬥的時代——喬哀思和普魯斯特的和平時代，已然過去了，在卡夫卡、哈錫克、布洛赫的小說中，魔鬼來自外部，它叫做歷史……」他的意思是說，歷史這頭來自外部而不是發自內心的魔鬼，在本質上乃是非不分的、不可控制的、難以預測的、不可理喻的，也是無可逃避的，裏面包括了很多我們耳熟能詳的詞語：戰爭、暴力、極權、階級鬥爭……

在第一次世界大戰以後，歐洲的小說家面對的，是一個關於存在的終極悖謬的全新課題：小說是不是伴隨著昔日大師們的逝去而消亡？是不是伴隨著和平時代的結束而一沉不起？昆德拉認為小說如果真的已經死亡或正在死亡，並不是說它消失不見了，而是從它的歷史中脫落了。

也許我們可以從昆德拉所論述的小說時代向前伸延，比如說，東歐的極權倒台了，但極權只是從前景倒退為背景，由顯而隱，並不是從此消失，那麼，東歐的小說家是不是意識到：他們的小說時代正伴隨著歷史的輾轉交錯而消亡呢？或者再把鏡頭的焦距拉近一點，比如說，中國大陸的小說作者在軍隊開入天安門廣場之後，怎樣面對那一頭叫做歷史的魔鬼呢？

問題的全部答案恐怕都在此一關鍵：歷史的本質是非人的、非理性的，不可控制、無可理喻，無從預測，它來自世界的外部，不以個人的意志為轉移，也就是說，它既不來自內心，似乎不可能僅僅往內心探究便發現其底蘊。面對一個不同於以往的時代，小說所要揭示、描繪、闡明的不明確定性就可能無從引據往昔的經驗——這當然又回到小說智慧的基本構成原則：如何在簡單化的漩渦中免於毀滅？如何在不正確的時代裏，無懼於辨析複雜而持續的多重模糊性，並確認那始終是唯一的確定性？

三

昆德拉在一九八五年獲頒耶路撒冷文學獎，他在頒獎時發表演說，講題是〈人們一思索，上帝就發笑〉（Man thinks, God laugh），這個講題來自一句猶太格言，此後不斷被討論昆德拉作品的人引用，也許上帝早已笑破了肚皮——據昆德拉說：人們愈思索，真理便離他愈遠；人們愈思索，人與人之間的思想距離便愈遠；因為人從來就跟他想像中的自己不一樣，當人類從中世紀邁向現代，終於看到自己的真面目：唐吉訶德（Don Quixot）左思右想，他的僕人桑丘（Sancho）也左思右想，然而他們不但沒有看透世界，連自己也無法看得清楚。

昆德拉並不是一個「反智論者」，儘管他的小說常常由於包含非常強烈的嘲諷意味，不免給人若干「反智」的錯覺，他只是想說：「現代化的愚昧並不是無知，而是對各種思潮生吞活剝……」他推崇福樓拜，認同福樓拜所說的「科學昌明、社會進步並沒有消滅愚昧，愚蠢反而跟隨社會進一步成長」，這種凝聚得愈來愈壯大的勢力足以窒息整個文明，粉碎獨立思想和個性。

昆德拉認為小說的智慧跟哲學的智慧截然不同——小說的母親並不是窮究理性或真理，而是幽默。他認為福樓拜的偉大在於認清一個別人看不清的事實：小說家的任務就是力求從作品後面消失：如果一個小說家想成為公眾人物，受害的終歸是他的作品——那充其量只是他的行動、宣言、政見的附庸。

他說：

十九世紀蒸汽機問世時，黑格爾堅信他已經掌握了世界歷史的精神，但是福樓拜卻在大談人類的愚昧——我認為那是十九世紀思想界最偉大的創見。當然，早在福樓拜之前，人們就知道愚昧。但是由於知識貧乏和教育不足，這裏是有差別的。在福樓拜的小說裏，愚昧是人類與生俱來的……福樓拜的獨到之見對未來世界的影響，比佛洛伊德（Sigmund Freud, 1856-1939）的學說還要深遠。

他說：

在過去四百年間，西歐個性主義的誕生和發展，就是以小說藝術為先導，歐洲歷史最大的失敗之一就是它對於小說藝術的精神、其所提示的新知識，及其獨立發展的傳統，一無所知。小說藝術其實正代表了歐洲的藝術精神。這門受上帝笑聲啟發而誕生的藝術，並不負有宣傳、推理的使命，恰恰相反——它像佩內洛碧（Penelope）那樣，每晚都把神學家、哲學家精心紡織的花毯拆骨揚線。

四

布洛赫的《夢遊者》（*The Sleepwalker*）、《維吉爾之死》（*The Death of Virgil*）和《霍夫曼斯塔爾和他的時代》（*Hugo Von Hofmannsthal and His Time*），被哈羅德・布魯姆（Harold Bloom）列為「西方正典」（The Western Canon），昆德拉對布洛赫的小說也很推崇，他常說的 Kitsch，正是源自布洛赫的一句名言：「現代小說英勇地與媚俗的潮流（tide of kitsch）抗爭，最終被淹沒了。」

Kitsch 這個字一般譯為「媚俗」，在〈人們一思索，上帝就發笑〉中，昆德拉對這個德文有詳盡的論說：「Kitsch 這個字源於上世紀中之德國，它描述不擇手段去討好大多數的心態和做法。既然想要討好，當然得確認大家喜歡聽甚麼，然後再把自己放到這個既定的模式思潮之中。Kitsch 就是把這種有既定模式的愚昧，用美麗的語言和感情把它喬裝打扮，甚至連自己都會為這種平庸的思想和感情灑淚。今天，時光又流逝了五十年，布洛赫的名言日見輝煌。」

他認為大眾傳播為了討好受眾，它的美學必然要跟 Kitsch 同流，影響所及，Kitsch 的心態便日漸擴散，「今日之現代主義（通俗的用法稱為新潮）已經融會於大眾傳媒的洪流之中。所謂新潮就得有意圖地趕時髦，比任何人更賣力地迎合既定的思維模式。現代主義套上了媚俗的外衣，這件外衣就叫 Kitsch。那些不懂得笑，毫無幽默感的人，不但墨守成規，而且媚俗取寵。他們是藝術的大敵。」

昆德拉一再重申「小說的藝術」，但他深感「歐洲文明的珍貴遺產——獨立思想、個人創見和神聖的隱私生活都受到威脅」，對他而言，「個人主義這個歐洲文明的精髓，只能珍藏在小說歷史的寶盒裏」——小說家從不同的角度衡量書中人既滑稽又嚴肅的處境，所以討厭不懂得笑、毫無幽默感的人。左思右想對小說家而言並不是解決問題的好辦法。

他認為在藝術的領域裏，沒有人掌握絕對真理，而人人都有被了解的權利，只有放棄陳規老套、不媚俗取寵，才可以回應上帝的笑聲。上帝之所以發笑，是因為人類依循著陳規老套，以為「思索」可以窮盡真理。昆德拉確信「個人主義」是歐洲文明的精髓，他想像《巨人傳》（*Gargantua and Pantagruel*）的作者拉伯雷有一天聽到上帝的笑聲，歐洲第一部偉大的小說就呱呱落地了——小說藝術對他而言，就是上帝笑聲的回響。

Litost：羞辱與報復

一

你問昆德拉的小說好不好看？真是一言難盡了。唔，這樣說吧，曾經是很好看的，後來活得愈來愈沒有耐性，便再看不下去了。是這樣的，二十多年前的一個春節，我在成都音樂學院的宿舍住了兩個星期，一口氣讀完了他的兩本小說——《笑忘書》和《賦別曲》（*The Farewell Party*），都讀得略覺心酸呢，可印象最深刻的，是 Litost 這個捷克字，昆德拉說，沒法用別國語言妥貼地翻譯出來，它的意思是：當一個人突然洞悉了可憐的自我而產生的痛苦。據昆德拉解釋，Litost 重音是在那長長的第一音節，發音就像一頭棄犬的哀號。

《笑忘書》裏，有一個關於羞辱感的小故事，二十多年了，如在眼前：一名溫柔而靦腆的大學生跟女朋友去游泳，她泳技了得，他只能保持在水面不沉，可在水裏不懂透氣，游泳時，頭總要伸出水面。女朋友喜歡他，便遷就他，便游得像他那麼緩慢，可是臨近岸邊，一時忘形，便按捺不住，加速了；他也想像她那樣加速，不幸吞了幾口水，忽然覺得羞辱極了。

他為甚麼會有羞辱感？那是因為愛——他在心愛的人面前暴露了自己的弱點，便想起童年時代的窩囊往事——要是無愛，大概可以淡然處之吧。是這樣的，他起初垂頭喪氣，像是受了委屈，無地自容，繼而對女朋友咆哮，發洩心中的不堪和難過，還胡編藉口，說岸邊的漩渦實在太危險了，你難道不愛惜自己的生命嗎？對了，他崩潰了，在心愛的人面前崩潰了。

那個溫柔的女孩子一再開解他，想讓他知道，她無意冒犯他，她不知道他崩潰了，再控制不住自己了，他狠狠摑了她一巴掌，她哭了，就在那一刻，他倒覺得她太可憐了，便擁抱她……是這樣的，就在那一刻，他平靜下來了，心中的 Litost 也消失無蹤了——不協調的踢水動作，以及在水裏一切難看的肢體動作，吞了幾口水，就在那一刻都得到補償了。

昆德拉告訴讀者，愛的本質就是一種慾望，一種想得到絕對認同的慾望。是這樣的，那名大學生渴望女朋友像他一樣窩囊，游得跟他一樣糟糕，她最好沒有任何讓她快樂的記憶，這樣的愛太鋒利了，像玻璃碎片那麼鋒利，它首先自傷，繼而傷人。

這份絕對的認同感必然會幻滅，愛於是變成深沉巨大的痛苦之源，這狀態就是 Litost——終於明白了，男歡女愛猶如政治鬥爭，兩者顯然是同一碼事，原來都暗藏了如此鋒利的羞辱感，它首先自傷自憐，繼而演變成報復的慾望，他報復，是因為他渴望同伴、同志、愛人、敵人都像他一樣窩囊，於是便將他們弄得像自己一樣痛苦難堪……

這教我想起張愛玲的〈茉莉香片〉最後一幕：聶傳慶狂亂地腳踢倒在地上的言丹朱，以往對這一幕不大了了，只覺得讀來很不舒暢，並且覺得那是張愛玲小說裏少見的訴諸行動的粗暴；殊不知聶傳慶腳踢言丹朱，一如昆德拉所說的男孩掌摑女朋友，原是一種Litost——那是一種不成熟的特徵，昆德拉說：那是年輕人的飾物。

二

愛如果也帶有昆德拉所說的Litost（重音是在那長長的第一音節，發音就像一頭棄犬的哀號），一切選擇都不免是殘忍的；要是在愛恨交纏的那一刻，真的有所選擇，那無疑就是一種必要的殘忍。沒事，只是因為昆德拉而想起一些別的事情。

上世紀九十年代真是一個觸目驚心的大時代，蘇聯和東歐集團先後瓦解了，留下來的，是一個像米沃什（Czesiaw Miiosz）所說的完完整整的「波蘭爛攤子」——百廢待興而重建的目標無比明確，還是一個昆德拉所說的「捷克異議倫理」王國——肢離破碎，有賴智性堅持到底？

大約二十年前吧，流亡美國的詩人米沃什重回波蘭，他所關心的，無疑是這個由四大權力中心所組成的「爛攤子」的政治生態、經濟狀況和意識形態等問題，他比很多詩人都要清醒，都要冷靜，他寫文章，接受訪問，當他在述說耳聞目睹的劫後波蘭的時候，都幾乎不介入主觀感情。

是這樣的，米沃什那時將自己當作局外人，他對劫後波蘭近乎無愛，與其說是一個流亡者重踏國民的感懷，不若說是一個冷眼旁觀者對新形勢的記錄和分析，他的所見所聞固然有樂觀的因素，卻不免暗藏步步驚心的憂戚。對了，他並沒有對這個爛攤子「用心則亂」，因此他並沒有任何 Litost。

昆德拉畢竟不是米沃什，他往往只能在夕照殘暉裏懷舊，他的「捷克異議倫理」王國從哈維爾（Vaclav Havel）的人格說起，他說，人生當如藝術，以藝術擬之於人生也許並無不可，是這樣的，他心目中的哈氏一如他自己，「從未為共產主義的『抒情性幻象』（lyrical Illusions）所動……」

在昆德拉看來，哈維爾的平生乃一「連貫的完美統一性」，他認為哈氏的劇作有一種難以抗拒的幽默感，而「扶梯劇場」對捷克知識分子而言，將永遠象徵已逝的六十年代和他們不顧一切的自由精神。很明顯，昆德拉懷念的是一個早已遠去的年代（及其精神），他所認識的哈維爾，是「七七憲章」的創始人、繫獄多年的異議者、捷克首要的「道德代表」（moral representative）、永遠的劇場詩人——他認為忽視了此點就無法了解哈氏，從此闡明幽默所代表的懷疑，以及懷疑所代表的自嘲，他所說的，正是一種超乎政治的、充滿智慧的責任感。

這不打緊，只要他不曾為不符合這高標準的人都標點了如此或如彼的 Litost 就好了，是的，一切選擇畢竟是殘忍的——如果我們這一代人真的還有選擇的餘地的話，一個是米沃什，冷靜而不無憂患的現狀剖析，視野容或有點短時期的侷限，卻是務實而中肯的；一個是昆德拉，熱情而不致於迷狂的精神感召，視野穿透歷史，卻是形而上一點的；沒事，只是想問：我們也有這樣的選擇嗎？

《相遇》與《一個人到世界盡頭》

那是一次神奇的「相遇」，關於人與世界的記憶，關於人和書的緣分。就從昆德拉的文藝隨筆集《相遇》（*Encounter*）說起吧，他在書中所論的，乃文學、電影、音樂和藝術的大師，可是當他談到羅馬尼亞裔希臘作曲家、建築師澤納基斯（Xenakis）的時候，卻忽然告訴讀者，他正在閱讀奧地利青年作家格拉維尼奇（Thomas Glavinic）的小說《一個人到世界盡頭》（*Night Work*），還引述了小說的情節：三十一歲青年約納斯（Jonas）有一天早上醒來，發現他的世界變得空無一人，雖然他居住的大廈還在，還留有昨日所有的人的痕跡，他走到街道、商店、咖啡店，都在，但再沒有人了。

昆德拉說：這本書描述約納斯在一個被遺棄的世界遊蕩，初則徒步前行，繼而登上無人駕駛的交通工具，他只能站在原地而寸步不移。如是者過了數月，他最後自殺了，依然在絕望的世界裏尋找自己生命的痕跡，尋找自己和他人的記憶。

昆德拉讚許這小說的構思，從而指出：「一切存在的事物（國家、思想、音樂）也可以是不存在的。」《相遇》有一篇文章叫〈畫家突兀暴烈的手勢〉，他認為英國畫家法蘭西斯・培根（Francis Bacon）的獨特之處，就是「他不想被歸類。他不想讓他的作品落入刻板印象之中」；因為「幾乎所有的偉大的現代藝術家都試圖刪除這些『填補空白』的部分，刪除這一切來自習慣的東西，刪除一切障礙，讓藝術家得以直接與本質作出專屬於他的相遇。」

在昆德拉眼中，「相遇」的意思就是「石火，電光，偶然」，那是廣義的人文精神的相遇，同時也是不同時代的藝術的的相遇，「跟我的思考和回憶相遇；跟我的舊主題（存在的和美學的）、我的舊愛相遇」；他認為所有藝術大師（也許包括他自己吧）的晚年都是孤獨的，「孤獨有如月亮，無人望見」。他眼中的藝術大師一直都是法蘭西斯・培根、拉伯雷、楊納切克（Leos Janacek）、費里尼（Federico Fellini）、富恩特斯（Carlos Fuentes）……如今也許要加上一個新名字：格拉維尼奇。

《一個人到世界盡頭》起初的構思，只是一個較長的中篇，約為一百五十頁左右，可在寫作中途，格拉維尼奇的兒子出生了，他將小說擱置了一段時日，對生命卻有新的體會，再次執筆便愈寫愈長，長達六百頁，其後才大幅刪改，只剩下近四百頁。

這樣的寫作歷程其實也是一次追尋，一次渴求與生命和記憶的「相遇」：渺無人跡的世界只剩下約納斯一人，一直跑到世界的盡頭，尋找父親、朋友和自己的童年記憶……他到處安裝攝像機，在大街上，在房間裏，希望能拍下一些記憶的影像，可是錄像中卻出現了另一個自己，那是一個只有在他沉睡時才出現的影像，他稱之為「睡中人」（The Sleeper）。

可是在現實世界裏，約納斯和「睡中人」永不「相遇」，他一個人在孤獨的世界裏遊蕩，想念著他的空姐情人瑪麗，一個人發現了很多不可思議的事情，無人見證也無人分享，比如他拍攝了一次「日震」（sunquake），強達十二級，不是地球而是太陽的震動，可無人見過，猶如無人見過火星上的機器人，毫無疑問，事情都發生了，只有他一人知道。

Jonas這個名字很有意思，它源自希伯萊文，阿拉伯文的寫法為Yunus，原義是象徵和平的「鴿子」（dove），延伸的意義則是「毀滅者」（destroyer），或「暴君」（oppressor），還有「上帝的禮物」（gift from God）之意，這名字包含了截然相反的解釋，何嘗不是對於同一物象藉由不同記憶，各自表述的「相遇」？

格拉維尼奇最新的小說叫《那就是我》（*That's Me*），主角也名叫約納斯，他也有一個空姐情人，也名叫瑪麗，但《那就是我》的約納斯卻是有婦之夫，還生育了兩個孩子……兩本小說的兩個約納斯大概也是兩種記憶的「相遇」，那麼，究竟誰是誰的「睡中人」？誰的生命和記憶更真實？

或者就如卡繆在《西西弗斯的神話》（*The Myth of Sisyphus*）所言：「一個人只要學懂了回憶，就永不孤獨了，即使他只在世界上生活了一天，你也能毫無困難地憑藉回憶在囚牢中獨處一百年。」

桑塔格論小說、攝影與道德

一

《同時》（*At the Same Time*）是蘇珊・桑塔格在生時常說的「我最後一本隨筆集」，她原擬編好這部文集後再回頭寫小說，但她來不及完成此一心願（或使命）便與世長辭了。《同時》的中譯者為黃燦然，有兩個版本，一是上海譯文出版社的簡體版，一是剛剛面世的台灣麥田繁體版——值得一提的是這個版本的封面清新簡潔，設計師林小乙為此書賦予全新面貌，惹人喜愛。

桑塔格的兒子戴維・里夫（David Rieff）為此書撰寫的〈前言〉說：「母親就是這樣的作家，寫作時用一隻想像的眼睛盯著後代。」這句話也許容易惹起某些話語權的聯想，然則桑塔格一直強調作家的社會責任與歷史使命，認出「寫長篇小說、短篇小說和戲劇的作家視為一種道德力量」，而小說總是「通過生動的形式」以「回應一個世界」，帶引讀者「在無法前進的地方前進」，而且「永不需要犬儒」——書名《同時》乃講座的名稱，講座副題即為「小說家與道德考量」（The Novelist and Moral Reasoning）。

桑塔格認為「一位堅守文學崗位的小說作家必然是一個思考道德問題的人」：總要「思考甚麼是公正和不公正，甚麼是更好或更壞，甚麼是令人討厭和令人欣賞的，甚麼是可悲的和甚麼是激發歡樂和讚許的」。她強調這不是說教，因為嚴肅的小說家總是「實實在在地思考道德問題的」：「他們講故事，他們敘述」，「他們刺激我們的想像力。他們講的故事擴大並複雜化我們的同情」，「他們培養我們的道德判斷力」。

她告訴讀者：「電視以一種極端卑賤和不真實的形式，為我們提供一種真實，而小說家有責任抑制這個真實，以維護小說事業獨有的倫理理解模式：也即我們的宇宙的特徵是很多事情同時發生。」此所以「做一個有道德的人，就是給予、有責任給予某種注意」，她援引佩索亞（Fernando Pessoa）在《惶然錄》（*The Book of Disquiet*）的一段智慧之言：

> 我發現，我總是同時留意，以及總是同時思考兩樣事物……就我而言，引起我注意的兩種現實都是同等地生動的。正是這，構成了我的原創性。也許也正是這，構成我的悲劇，以及使悲劇變成喜劇。

在桑塔格看來，重要的小說家通常都是旅行者，那意味著「不斷被提醒世界正在發生的事情的同時性，你的世界和你去過的、又從那裏回『家』的非常不同的世界」，「這正是我們需要小說的原因：擴展我們的世界」。那就是一種「關於美的辯論」。

二

此書另一主題乃談論「九一一」的後果和談論「反恐戰爭」，當中有一篇〈攝影小結〉，可以說是桑塔格對攝影、影像的思考總結，她說攝影「首先是一種觀看方式。它不是觀看本身」，乃有這樣的思辯：

> 現代觀看方式是碎片式觀看……
>
> 現實在根本上是無限的，而知識是無止境的。依此，則所有界線、所有整體的概念都必定是誤導的、蠱惑人心的；充其量是臨時性的；長遠而言幾乎總是不真實的……某一東西要變得「真實」，就要有影像。照片確認事件。照片把重要性賦予事件，使事件可記憶……
>
> 現實首先是外表——而外表總是在變化。照片記錄外表。攝影的記錄是記錄變化、記錄被摧毀的過去……

攝影——旅行、觀光業的最高形式——是擴大世界的主要現代手段……

她對攝影和影像的思辯，跟美國的戰爭宣傳分不開，「我們國家是強大的」乃壯膽式的口號，她細反思「誰會懷疑美國是強大的？」但她認家美國並非只需要強大：

當一位美國總統對癌症或貧困或毒品宣戰，我們知道「戰爭」是一個隱喻。誰會認為這場戰爭——美國對恐怖主義宣布的戰爭——是一個隱喻？但它是隱喻，並且是一個帶有嚴重後果的隱喻。這場戰爭是被揭示出來而不是被實際宣布的，因為威脅被認為是不證自明的。

真正的戰爭不是隱喻。並且，真正的戰爭都有始有終，但反恐戰爭卻永不會有終結：

這就是一個徵兆，表明它不是一場戰爭，而是一種授權，用來擴大使用美國強權。

桑塔格強調「文學的良心」，她議論勇氣和抵抗，她認定「文學就是自由」（literature is freedom），她認為向癌症、貧困和毒品這類敵人宣戰，乃「沒有終結的戰爭」，因為「永遠有癌症、貧困和毒品」，「也永遠會有像發動去年那場襲擊的可鄙的恐怖分子和大規模殺人者」，故此反恐戰爭只是一場幻影戰爭，一場按布西政府的意思去做的戰爭，她不質疑「確有一個邪惡、令人髮指的敵人，而這敵人反對我最珍惜的東西——包括民主、多元主義、世俗主義、絕對的性別平等……」她質疑的倒是假戰爭的假宣言，因為「沒有不終結的戰爭；卻有一個相信自己不能被挑戰的國家宣稱要擴張權力」。

紀德・奈帶奈藹・帕呂德

一

安德烈・紀德（André Gide, 1869-1951）說：「奈帶奈藹，我來和你談城市……」他說：「城市，無盡的城市；有時你不知道它們究竟是怎樣建築起來的。」

紀德談城市，從月光下沉的村莊談起，說那裏的房子的牆，相間地漆上藍色和黃色，周圍展散著原野，無論你跑得多遠，回頭總可以找到那沉睡的村莊……

至於城市，紀德恐怕是有點無可奈何了，城市於他也許並不是沒有愛，可像一個過路人，只是在城市與城市之間來去，能停留下來就喝杯酒，看看迷麗的燈色；如果獃不下去，便頭也不回地上路去了。

紀德說：有一些層頂平坦的城市，有著白色的涼台……廣場上的燈影，從鄰近的山崗看去，有如燐火。那是一個閃爍不定、美麗得近乎沒有內容的城市了。

紀德說：有一些街道，那兒的咖啡店裏，滿是娼妓和刺耳的音樂。穿著白衣的阿拉伯人在那兒穿來插去，還有一些太年輕就去嘗試愛的滋味的孩子（他們的口唇比在孵化中的小鳥還要熱）。

這些片段出自《地糧》（*Les Nourritures Terrstres*），乃「紀德專家」盛澄華的譯本，他把Nathanaël譯作「奈帶奈藹」——

「奈帶奈藹，我來和你談『瞬間』……」

「奈帶奈藹，我來和你談陶醉……」

「奈帶奈藹，我來和你談水源……」

「奈帶奈藹，我來和你談等待……」

「奈帶奈藹，我來和你談『時間』……」

於是，從上世紀三十年代後期至今，「奈帶奈藹」幾乎變成了《地糧》的代名詞。

二

從一個城市走到另一個，比如說，從波士頓去紐約，口袋裏有一本書，叫做 “*Instant New Yorker*”，揭它幾頁，做個「即食紐約客」，可是最後根本不知道紐約是怎樣子。

那一天在紐約的一家書店裏翻書，翻了一冊紀德，讀到一些關於城市的、似曾相識的片段，就覺得很有點好笑了——我們走在城市，走過一條又一條不同面貌的街道走在熙熙攘攘的人群裏，迎面是各種不同手勢和招呼……

光管、標語、臉孔、招牌、燈影、櫥窗、神情、氣味，然後是車站、碼頭、酒店、餐廳……

旅遊指南所描述的事物都一一出現了，啊，城市無門，只有海關；這就是我們尋找的城市嗎？

城市無門，倒是好看，可看了跟著就忘了。

當然不是反城市，只是想說，我們無論如何也不可能像大半個世紀前紀德那樣去感覺一個城市。

是這樣的，紀德喜歡旅行，喜歡從一個城市走到另一個。他在《窄門》（*La Porte Étroite*，英譯 *Strait Is the Gate*）第一章說：

> 一到氣候宜人的季節，她們便認為我臉色變得蒼白，應當離開城市，因而一進入六月中旬，我們就動身，前往勒阿弗爾郊區的封格斯馬爾田莊……

《窄門》第四章說：

> 我在園中呆了一會兒，夜幕降臨，海霧遮蔽了城市，樹木光禿禿的，大地和天空看上

去無限淒涼……

這些大概就是紀德的城市，既是一個要逃離的地方，也是一個要呼吸到自然氣息的地方。

那一年我逃離香港，從三藩市去到波士頓，從波士頓去到紐約，逃夠了，呼吸夠了，一個月後便回到香港了。

三

在〈帕呂德〉（Paludes，此乃拉丁文，可意譯為〈沼澤地〉）這篇小說中，二十五歲的紀德反思自己過去的生活，一次非洲之旅，讓他接受了自己的宿命，也讓他在阿爾及利亞邂逅了王爾德（Oscar Wilde），兩人自此成為親密朋友。

何謂〈帕呂德〉？說的是甚麼？不用心急，紀德在小說的開端便說出了究竟，耐心點，讀下去就明白了：

他問道：「咦！你在工作？」

我答道：「我在寫〈帕呂德〉。」

「〈帕呂德〉是甚麼？」

「一本書。」

「寫給我的？」

「不是。」

「太深奧……」

「很無聊。」

「那你寫它幹甚麼？」

「我不寫誰會寫呢？」

「又是懺悔？」

「幾乎算不上。」

「那是甚麼呀？」

「坐下說吧。」

等他坐下來，我便說道：

「我在維吉爾（按：Virgil，拉丁文全名為 Publius Vergilius Maro Virgil）作品中看到兩句詩：

Et tibi magna satis quamvis lapis omnia nudus：
Limosoque palus obducat pascua junco

「我這樣翻譯：『這是一個牧人對另一個牧人講話；他對那人說，他的田地固然處處是石塊和沼澤，但是對他來說相當好了，他很高興就知足了。』——當一個人不能置換田地的時候，這樣想就最明智了，你說呢？」

他沒有答話。「我」接著又說：

「〈帕呂德〉主要是講一個不能旅行的人的故事……在維吉爾的作品中，他叫蒂提爾；〈帕呂德〉這個故事，講的是一個人擁有蒂提爾的那片土地，非但不設法脫離，反而安之若素，就是這樣……」

然後，「我」去探訪一個女子，寒暄過了，那女子問道：

「您做甚麼呢？」

「我嘛！」我有幾分尷尬地回答，「我在創作〈帕呂德〉。」

「〈帕呂德〉？那是甚麼呀？」她問道。

我們已經吃完飯，我等著到客廳再繼續談。

我們倆靠近爐火坐定之後，我才開始講道：

「〈帕呂德〉，講的是一個單身漢住在沼澤地中間塔樓上的故事。」

「啊！」她驚嘆一聲。

「他叫蒂提爾。」

「一個粗俗的名字。」

「哪裏，是維吉爾詩中的人物。再說，我不善於編造。」

「為甚麼是單身漢？」

「唔！……圖省事兒吧。」

「就這些？」

「還有，我敘述一下他做甚麼。」

「他做甚麼啦？」

「他觀望沼澤地……」

我讀〈帕呂德〉的時候，只有十七、八歲，讀了，就明白了，就明白了少年林懷民何以會寫一篇青澀的小說，叫做〈安德烈．紀德的冬天〉，就明白了裏面何以發酵著青澀的原慾和罪咎。

三

十多年前，詩人辛笛寫了一篇文章，題為〈憶盛澄華與紀德〉：

亡友盛澄華離開我們，至今不覺已有四分之一世紀的年頭了，他是在一九七〇年四月十八日或二十日病歿於文革期間北京大學在江西南昌附近鯉魚洲所設的農場，該地後即改為北大江西分校。承陳占元兄（與澄華同在北大任教）過滬北歸時告訴過我：澄華隨北大老師集體下放，表現一直十分積極，但以身體衰弱，在勞動鍛鍊中心臟病猝發，不及診治而亡，大家都以其英才早逝，不勝痛惜。

盛澄華在一九三五年，赴法國巴黎大學文學院深造，他讀《地糧》，譯《地糧》，常向紀德求教，〈憶盛澄華與紀德〉其中兩段，憶述了當年的情景：

澄華當時住在巴黎拉丁區的一座學生的小公寓三樓上，我在短旅期間也就寄居在他那里，每天除由他陪我去各處遊覽古蹟名勝和參觀博物館繪畫沙龍外，近處我總是一個人去走走。聖母院即在住處左鄰，早晚可聽到教堂敲響出清越的鐘聲，常常引起我悠然的遐想。塞納河畔的一排排舊書攤，也相去不遠，我總是一個常客。清晨去盧森堡公園散步，石像的微笑和沉思往往使我神往，不覺衣履盡為草露所濡濕。下午迎著凱旋門的落日光，在香榭麗舍林蔭大道上漫步走去，我頓感心曠神怡，情懷為之一爽。在波隆涅森林中乘馬車，聽著嘚嘚的馬蹄聲，輒深故國之思，而在羅浮宮藝術珍藏面前，卻又流連忘返。

遇到閑暇，澄華還和我一同研讀紀德的《地糧》和《新糧》，其文體之優美令我心折，就中尤以紀德「關於我思我信我感覺故我在」的闡釋使我終生難忘，受用不淺。澄華當時一面在巴黎大學攻讀，一面日夜埋頭於紀德全部作品的研究，常常親去登門請教，紀德十分欣賞他的見解和心得，已成為無話不談的忘年交。澄華也曾有兩次邀我去訪問他，但總因時值紀德正在外地旅行而未能實現，至今想來，仍時以為憾。

盛澄華在《紀德研究》這本書裏，以一種紀德式的抒情筆調說到一些往事：

就在這爐邊，我們來開始我們的夜談。正像有時我唸一本心愛的書往往一口氣唸到黎明，今夜，不消說，我也早準備好了煙與茶，如果你不倦的話，這夜談少不得到天明。讓我們先忘去我們所要談的是一個世界性文學獎金的得主（按：正是一九四七年諾貝爾文學獎得主紀德），算他是我的一位朋友……

盛澄華接著說：他兩星期前剛接到的一封航空信，是紀德給他的，他將這封信譯成中文：

親愛的遠地的朋友：

我只有極短的一點時間來寫這封信：一來由於我改編的劇本正在排演，使我忙得不可開交；二來我急須趕往瑞士（擬於頭場上演後立即啟程），我打算在那兒和女兒相聚。但我極願意你知道你（八月十七日）那封可愛的信以及你和你一家人的相片所帶給我的快樂。夫人顯得很溫柔，而你的四個孩子都非常可愛。我打算在瑞士讓我女兒替我們拍幾張相片（我手頭沒有一張滿意的）給你寄去：她的，我的，她丈夫及三歲的小依莎培爾的。我們正等待著即將出世的她弟弟或妹妹。我將轉達你對約翰・朗培爾與佳德玲的問候。

在巴黎，時刻不斷受著零碎瑣事的困擾，我簡直無法做出一點使我自己稱心的工作；但我希望到瑞士後（信請由納沙德轉）能好好開始工作。

欣慰地獲悉你已轉到北平一個大學執教。沒有一個國家有像中國那樣更是我所希望去的……但我已年老，如今很怕長途旅行的疲累！可是能再度和你見面，能由我自己親口向你夫人致意，向你孩子們微笑……這對我該是多麼快樂的事情。

別懷疑我忠實的友誼，親愛的譯者與友人。

你的紀德

四

我通常不喜歡這樣的書：讀不了幾行，就會發覺作者老是托著腮或者皺著眉頭，作出種種沉思的姿態。

我從不懷疑沒趣的人不可能寫出有趣的書。

然而，紀德卻是極少數的例外之一，他大概是一個喜歡沉思的人，他論偉人，說一般人企圖維護偉人的短處，但為甚麼要在乎他們的短處在哪個層次呢？他們會說：這根本不成問題，優點缺點同在一人身上，它們之間有一種秘密的連結。

紀德的沉思常常都有一種秩序參差錯落的節奏，一種像果樹園那樣充滿鮮活氣味的感覺，他說：誰敢說如果只抽離偉大，我們會不會甚麼都得不到？

他說：我們也許會架空考慮所謂感情和思想，我們是不是也可以考慮產生感情思想的器官呢？是不是也可以考慮感情思想的發展過程呢？

於是，愈來愈相信，偉大並不是不可討論的，正如偉大並不是一種孤立的情操，偉人可以比其他人高出一截，也可以比其他人矮小得多，頭顱和地平線的距離，只是他們的身體結構，不見得就與他的情操成正比。

實在不願意發現外表的壯美華麗，原來只是頗為可鄙的一堆空洞修辭。

人們慣於歌頌影武者在斜陽裏愈拉愈長的影子，甚或以智者的聲音宣佈影武者背後的行將消失的大太陽，但為甚麼總會在有意無意之間，忽視了一個比甚麼都更實在的人？

如果我們有過那樣的趣味傾向，像著了魔似的迷戀著卑微的事物，那是由於我們已經不再信任偉大了。

偉大如果只需要符合幾個流行觀念的條件，變成一種像制服似的外觀印象，我們於是不再信任在這世界充斥著的虛妄觀念。

我們學會不再生氣，於是，漸漸才知道，偉大有時並不可怕，莊嚴肅穆是一種存在形式，淳樸溫善也是。

我一直沒忘記紀德筆下的對話，儘管在一些人的眼中，他是永遠的「背德者」，他的對話卻充滿普通人的智慧——

「啊，我的朋友，你怎樣穿這樣令人吃驚的衣服！從那裏搞來的。」

「從洗衣店裏。」

死亡・少女・剝光豬

一

要是你想看一些大起大跌的悲情故事或爛 gag 喜劇，對不起，不要花時間去看《死亡與少女》（*Der Tod und das Mädchen*）這齣女子戲了，去看《溏心風暴之家好月圓》吧，《死亡與少女》沒有大契或荷媽，沒有細契或紅姨，只有非童話化（或反童話化）的睡美人和白雪公主，耶利內克的劇本只想做一件事，就是讓公主和貴婦都剝光她們的衣服，剝光她們的皮膚和肉身，露出她們最內在的情慾，以及精神的本質——要是你害怕，省些時間去看肥皂劇吧，千萬不要去看這齣以情節上的反高潮迸濺出精神高潮的叛逆女子戲了。

可是，你害怕也沒有用，你其實一直活在耶利內克所展陳的情慾世界裏，無遮無掩的赤裸情慾和劍及履及的肉身高潮是所有電視肥皂劇都看不到的，它向你發問：童話故事是誰編寫和監製的？你一出生便愛上童話世界嗎？不，你是被教育成這樣子的，你是被教育成純情、八卦、賢淑、巴喳、溫柔、粗魯……耶利內克的《死亡與少女》讓你看見赤裸裸的真實，以及濕漉漉的利比多，它很苦，很辛，很麻，很辣，很澀，卻未嘗沒有酸和甜：它淋漓盡致地以真我的慾望消解話語權力，以粗鄙的對白喊出最歇斯底里的反抗……那是極響亮卻極暗啞的一個單音字：不。

不。不。不。不。不。不。感嘆號是不管用的，它只配高潮之後融圓的小句號。這齣女子戲根本就沒有甚麼心計呀陰謀呀誘惑呀矛盾呀誤會呀衝突呀等等，它只有顛覆，顛覆這世界加諸你身上的一切價值觀、道德觀和審美觀，可它是一首詩，一首在世俗意義上略嫌粗鄙、卻處處渴求還我本真的無韻詩——不要忘記，少女至中女時期的耶利內克是個以反溫柔、反美學見稱的詩人呢。

她的詩跟她的小說、戲劇一樣「牛」，都喝叫著：不。不。不。不。不。不。你還害怕甚麼呢？她只是告訴你：那是再沒有迴旋餘地的顛覆——人生就是一場被指派了固定角色、固定戲分的無聊遊戲；請用一分鐘想想：到底誰編製了既有的遊戲規則？沒事，你不是睡美人也不是白雪公主，但獵人還是要來了，你該怎麼辦？你乾脆躲起來？看戲的時候你會感覺到，那是一種等待解放或拒絕角色的對峙，如果你懂一點海德格爾（Martin Heidegger），那好，就想想耶利內克如何反舒伯特（anti-Schubert），如何以「反抒情曲」的基調去演繹「在」或「存有」吧；不懂也不要緊，看了戲，再看海德格爾，你大概會禁不住發出極爽、極high的一聲「呀」或「啊」。

二

童話故事裏的公主只期待一句「他們從此快快樂樂地生活下去」，可是《死亡與少女》只是義無反顧又隨心所欲地面對「此在」（being-there），她們根本就不是童話故事或言情小說所揑造的那麼含情脈脈，欲語還休，她們都有些經歷，都有一點「老少女」的百無禁忌——不。不。不。不。不。不。不。存在、真理、謊言、思想、理性、永恆、美，都去死吧，身體不再壓抑、精神不再閹割，性，並沒有甚麼可怕，可怕的只是被指派而毫無反抗餘地的性角色。

對一個活在反童話的殘酷世界裏的睡美人而言，等待意味著甚麼？真的能等待到嗎？耶利內克繼續跟她的海德格爾對話：甚麼是時間？甚麼是永恆？睡美人說：正是因為她的沉睡，她在「一段時間」裏「永存」，她才可以戰勝一切（包括時間、上帝），她等待的只是一次又一次的「剝光豬」，一次又一次的徹底自我解剖——脫掉一切騙人的永恆外衣，脫掉一切禮教和繁文縟節，除了肉身還有甚麼呢？有的，耶利內克沒說的，倒是一種以身體作為最後的武器、以性關係置換一切虛假關係的假戲真做，這是教大契或荷媽、細契或紅姨「冧」聲連連的顛覆或反抗，要尋找的正是一個眾裏尋他千百度的，早已遺失了的「我」，那才可以安然地脫掉一切被強加在你身上的角色。

童話早已死亡了——你其實是知道的。耶利內克選擇了硬硬淨淨地面對和反客為主，你咁大個仔，我咁大個女，誰也不用害怕誰，叫一切社交禮儀、衣香鬢影、才子佳人、山盟海誓去見鬼吧，存在本身就是荒誕的，難道夏雨演完唐仁佳再演 Jo 包，依然有兩個老婆就不荒謬嗎？耶利內克筆下的女性不是縱慾，只是要讓好色男女感到厭倦乃至厭惡，虛脫了，靜下來，想想世界是甚麼？愛是甚麼？慾是甚麼？我們置身其間的一切荒誕處境又是甚麼？

可以吃的女人

聶魯達（Pablo Neruda）的「食物情詩」把心愛的女人當作麵包、蘋果和各種不同質感的食物，故被戲稱為「吃女人的詩人」。加拿大女作家阿特伍德（Margaret Atwood）兼寫詩與小說，她的一些詩如〈所有的事情只是一件〉（There is only one of everything）充滿情慾的暗示，與聶魯達感情澎湃的情詩大異其趣；而她的小說《可以吃的女人》（*The Edible Woman*）則把「吃」的行為隱喻化，與明言「吃女人」的聶魯達情詩對讀，也許更能見出「吃」（不論作為動詞或名詞）與「情慾」的層層對照的底蘊。

《可以吃的女人》的女主角名叫瑪麗安，她受過高等教育，工作和愛情都好像沒有問題，可她與男朋友彼得訂婚後，老覺得只是從屬於未婚夫，漸漸失去自我，這心理壓力令她無法正常進食，精神瀕臨崩潰，終於對彼得說：「你一直在想方設法把我給吃掉，不是嗎？」「你一直在想方設法同化我。不過我給你做了個替身，這東西你是會更喜歡的。你追求的其實就是這個東西，對嗎？我給你拿把叉子來」，她製作了一個女人形狀的蛋糕——穿紅衣，指甲也塗紅了，都是用紅色糖漿弄的。

這就是所謂 The Edible Woman，Edible 的意思是「適合食用」，一個戀愛中的女子因為恐怕失去自我而患厭食症，最後用一個極其女性化的蛋糕——「適合食用的女人」——與她的情人「攤牌」，當中的寓意不可謂不深長。

不妨玩一個心理測驗的遊戲：如果你是《可以吃的女人》這本小說裏的彼得，而你的未婚妻瑪麗安給你做了一個女性化的蛋糕，跟你說了一番充滿「吃」的隱喻的話，你能吃得下這個「可以吃的女人」嗎？

幸好彼得不曾用瑪麗安送上的叉子，幸好他沒吃這個寓意「適合食用的女人」的蛋糕，不然故事就要拖一條沒完沒了的尾巴。事已至此，一對情人再沒話可說了，他走了，走得似乎有點狼狽。他們的故事如此這般便劃上了句號——如果不是省略號或感嘆號的話。

有吃不下這蛋糕的男人，也合該有吃得下的。話說瑪麗安跟彼得訂婚後，胃部對食物日漸排斥，身體恍如一個日漸縮小的圓，縮成有如 full stop 的圓點。她跟朋友去吃飯，為了不想廚子難堪，只好趁人家談得興起，偷偷將碟中的肉食拋給了朋友。

這個朋友名叫鄧肯，他不但收容瑪麗安吃不下的肉，更吃掉那女性形象化的蛋糕，讓「可以吃的女人」完成任務——它的唯一任務大概就是被「吃」，滿足「吃」的慾望。

在《可以吃的女人》這本小說中，阿特伍德設計了兩個女性——瑪麗安與她的室友恩斯麗，戀愛中的瑪麗安對「消失的自我」的焦慮，反映於她的飲食狀態，她從正常飲食到厭食，再到重振食慾，可立體地呈現了她的心理變化，以及她對情慾的期盼與失落。恩斯麗似乎是反照瑪麗安心態的一面鏡子，或者可以說，是在「完整的自我」及「帶有從屬關係的愛情」的抉擇過程中，女性的另一參照系數。

比起瑪麗安，恩斯麗徹底的拒絕妥協，因此她的處境常常陷於困難，她是「女權主義者」嗎？她表面上似乎很自由，卻失去另一些自由。當恩斯特目睹瑪麗安的女性形象蛋糕，便驚呼：「是個女人，一個蛋糕做的女人？」瑪麗安問：「要吃點兒嗎？」恩斯麗終於駭然大叫：「瑪麗安！你這是拒不承認你的女性身分啊！」

在這一刻，兩名女子互相凝視：瑪麗安「目不轉睛地望著恩斯麗。恩斯麗也在望著她，她的頭髮掉在眼睛上，帶著一副受到傷害的關切神情……她怎麼有辦法擺出這副愁眉苦臉的模樣，顯得這麼煞有介事的呢？」

瑪麗安看見那個「女人（蛋糕）還在那裏茫然地微笑著」，她說：「胡說八道，這不過是個蛋糕罷了。」她們對於一個女性形象蛋糕顯然有不同看法，正如她們會以不同態度選不同的男朋友。

她看著鄧肯吃「女人」：「先是微笑的粉紅唇，然後是鼻子跟一隻眼睛……最後一隻綠眼睛，一眨眼工夫也不見了」，他舔著嘴唇說：「真好吃。」以後呢？他們會相愛嗎？會永久成為知己嗎？誰知道。他只是吃了一個充滿寓意的蛋糕，可不曾有任何承諾。

搬家・時震・馮內果

一

一生搬了多少次家？仔細的算了一下，十二歲之前，三次；十六歲至二十三歲之前，兩次；二十三歲至今，十一次；原來已經搬了十六次。最近十年搬得最頻密，六次，平均不到兩年便搬一次；沒事，搬多了，才發覺搬家就是將書本裝箱，然後拆箱，一箱一箱的拆開，將書本重新安置。

最近從北角搬到觀塘，拆箱的時候找到一些失蹤多年的書，其中一本是馮內果（Kurt Vonnegut, 1922-2007）的《第五號屠場》（*Slaughterhouse-Five*），那是一本舊書，是一九九〇年吧，我在波士頓一家舊書店花了一美元買它的時候，它已經很舊了，紙張灰黃，有點發毛，也不知道是第幾手了。

每一本舊書都有一個故事，這本也不例外。讀它之前，已讀過中譯本，只是讀不出甚麼感覺；讀了它，才真正喜歡馮內果。我在波士頓主要讀詩，讀理論，沒有讀它；它隨我飛回香港，是我第一本從頭到尾一口氣讀完的英文小說，讓我見識了小說的一種寫法：流散，流離，在大時代裏入乎內而出乎外，在飄泊無定的時間和空間裏老跟眼前世界保持距離，簡靜，幽默，在破碎的人生趣味裏開大時代的玩笑，在話分兩頭的歷史和想像之間側寫浮生寓言的意義，或無意義。

原來已經搬了十六次家，搬家就是將書本裝箱，然後拆箱，一箱一箱的拆開，將書本重新安置。那是一九九〇年，我搬了一次規模堪稱空前絕後的家，從土生土長的香港搬到人地生疏的波士頓，那是我人生的分水嶺——那一邊是從前，這一邊是其後。我在波士頓買了好一些書，它們隨我搬回香港，其後又隨我搬了六次家，有些散失了，有些失縱多年後忽爾在拆箱時與我重逢，殘舊的《第五號屠場》只是其中一本。

它肯定上了架，可不知道躲在哪一個角落——我此刻正要找它出來印證日漸消淡的記憶，但它再次失蹤了。

二

總是想，要不是六四，要不是翌年六月移民波士頓，這一生要不是有那麼一段在焦慮中學習簡靜的悠長假期，把前半生和後半生、最熟悉的生活、語言、朋友和地方，都暫且擱置一旁，每天只是獵書、讀書、逛街、看影帶和球賽，那麼，往後的我將如何？往後的日子將如何？

此所以我永遠學不成馮內果，他在《第五號屠場》總是說：so it goes，每說一個小故事，便加一句 so it goes。有人統計過，全書說了一百零六次 so it goes。對了，so it goes，簡潔，也許有點蒼涼，可還是若無其事的跟世界和命運開玩笑。

也許，每一個自以為活在大時代裏的小人物，都不過是 Billy Pilgrim。不是命運支配著他，只是他乾脆任由命運帶他走進沒甚麼所謂的人生，他活在一條時光隧道，老在另一個宇宙裏漫遊，眼前世界於他何有哉？

也許還有一百零八種活法，但無論如何，so it goes，如此，so it goes，如彼，so it goes。馮內果在《戲法》（*Hocus Pocus*）這本以越戰為背景的仿科幻小說一再告訴讀者：故事其實早就完了，但他還想說多一點故事，他想強調的是，人類的處境真是太尷尬了，你以為可以改變世界，最終總被世界改變；他最後這樣總結陳詞：我們能讀，能寫，懂一點算術，那並不等於我們可以征服世界。

沒事，搬家就是將書本裝箱，然後拆箱，一箱一箱的拆開，將書本重新安置。其中一本是馮內果的《第五號屠場》，它出現了又失蹤了，可跟我似有前緣，如果在波士頓沒有遇上它（以及 Jean Baudrillard 的 Cool Memories），我也許永遠寫不出《浮城後記》。

三

二〇〇八年的諾貝爾文學獎得主是勒克萊齊奧（Jean-Marie Gustave Le Clezio），據說這位法國小說家愛寫人的飄泊流離。馮內果其實也不全然的信奉 so it goes，有時也會過跟自己、跟世界過不去，比如一九九六年，他七十四歲了，獲頒「年度人道獎」，在頒獎致辭時說：我早就為獲頒諾獎寫好了一篇八個字的獲獎致辭：You have made me an old, old man。據說他最有希望的一次，是一九八五年，可那一年的得主也是法國人——「新小說派」的西蒙（Claude Simon）。可以想像，馮內果老先生並不是不介意的。

有一年回到波士頓，買了馮內果的「新書」《沒有國家的人》（*A Man Without A Country*），讀了一半，中譯本便出版了。這本書的其中一則廣告說：「感謝上帝，聲稱從此封筆的馮內果先生食言了」，讓讀者以為年逾八十的馮內果真的「重出江湖」，可翻了翻，才知道那是「舊文新編」，只是收錄了他以往在雜誌上發表的、從未結集的隨筆。

即使不是嚴格意義的「新書」，《沒有國家的人》至少讓讀者知道，馮內果之所以是馮內果，跟他敢於對世界、對國家、對潮流、對權威說「不」的性格是分不開的——這個德裔美國人之所以自稱是個「沒有國家的人」，正正因為他能獨立思考以判別是非，從不隨波逐流。

書中每篇文章之前都有一段小小的箴言，都很風趣幽默而一針見血，比如說，「善，沒有理由戰勝不了惡，只要天使們能像黑手黨那樣組織起來」，「進化是多麼富有創意——我們因而有了長頸鹿」，「不要用分號。分號就像患了易服癖的陰陽人……唯一能說明的就是你上過大學」，「我是出了名的老菸槍，我一直希望那東西能殺死我。一頭是火燄，另一頭是傻瓜……」那是說，他對這世界其實很有意見，他對這世界並不是不介意的。

其中一篇說：他一直被稱為「勒德分子」（Luddites），他欣然接受。所謂「勒德分子」，源起於一八一一至一八一二年間的「勒德運動」，英國一批手工業工人在精神領袖勒德（Ned Ludd）的領導下衝擊工廠，砸壞數百台織布機；據歷史學家塞爾（K. Sale）研究所得，當時英國政府出動了一萬四千士兵施以鎮壓。

這是西方工業史上第一回的反抗運動，極有象徵意義，此後勒德分子泛指不願受機械化、自動化以至非人化技術束縛的人。詩人拜倫（Byron）也是勒德分子，他寫道：「打倒一切王者，除了勒德王」（And down with all kings but King Ludd），勒德王就是對工運領袖勒德的尊稱。

馮內果當然也是勒德分子，他依然用紙筆寫作，郵寄稿件給秘書打字，拒用電腦——這不僅僅是為了反抗新科技，更重要的，是他仍珍惜和享受古老的溝通方式所包含的「人味」，以及人際間日漸消失的親和感。

四

我在波士頓買了很多馮內果，有些讀了，有些只是翻了翻，便不知擱在哪裏了，也弄不清楚，那些失蹤了的書，究竟在波士頓的家，還是在香港的家。我所知道的馮內果顯然並不是一個快樂的人，他在《命運比死亡更糟》（*Fates Worse Than Death*）有此說法：「如果你不是非常沮喪，你無法成為一個優秀的嚴肅小說作家。」他在《夜母》（*Mother Night*）的前言說：「我們只是我們自己假裝的人。」他假裝有趣。此所以去年諾貝爾文學獎得主萊辛說：馮內果同時是風趣和哀傷的。

我當然記得他最後一部小說《時震》（*Timequake*），那是一本奇書：宇宙中的時空連續統一體突然出現了小故障，產生「時震」（此一虛擬的概念，源自地震），每個人、每樣東西因而都倒退十年，不管願不願意，都會完全不變地重複過去十年的所作所為：從二〇〇一年的某一天突然回到一九九一年的某一天，然後重演過去十年的愛和恨，賽馬時再投錯注，再跟錯配的人結婚或離婚，再次染上相同的性病……感謝這本奇書，我從中得到靈感，借用「時震」的概念，為崑南四十年後再版的《地的門》寫了一篇書評。

想起馮內果，便想起，原來已經搬了十六次家，so it goes。沒事，搬家就是將書本裝箱，然後拆箱，一箱一箱的拆開，將書本重新安置，so it goes。有些書失蹤了再出現，so it goes，有些出現了再失蹤，so it goes，不知書在波士頓還是在香港，so it goes。這大概也是一種「時震」吧，比如馮內果的《第五號屠場》，以及往後不斷購買的馮內果著作，也許就是這些流散和流離的口袋書教曉我：我只是我自己一直假裝的那個人。

最後還是要跟馮內果說：so it goes，so it goes……

永生的童話

一

這裏有一個故事，關於一個愛名如命的作家，出自高爾基（Maksim Gorkiy）的《俄羅斯童話》（*Russian Fairy Tales*）。這裏轉述的是一個世紀前發生在俄國的故事，但如果轉換了時代和場景，故事裏的人物猶覺似曾相識，文責該由高爾基來負——我有時甚至懷疑他還活著，因為他的故事裏的人物，有好一些是「永生」的。

就從一個非常好名的作家說起。他喜歡別人談論他的作品，但他清楚，稱讚他的人都是不很聰明的，他臨終時這樣想：「我最好的作品還沒有寫出來呢。」雖然極不願意，但終於還是死掉了。

作家先生躺在棺材裏，聽見妻子和兒子的哭聲，心裏怪責妻子以前老是發脾氣，兒子是沒有出息的廢料。他的棺木被搬到墓地的時候，他發覺送葬的人少得可憐——於是對自己說：「真是笑話呢！即使我是一個渺小的作家，但文學是應該受到尊敬的。」他從棺材裏望出去，發覺除了親屬之外，送他的只有九個人，其中還包括兩個乞丐和一個肩著梯子的點燈夫。

他生氣了，不知不覺活轉過來，走出棺材外面了，跑到理髮店，修刮鬚髮，由於臉上有沉痛的神情，倒像個活人了。但他奇怪為甚麼理髮店主人不曾發覺他是個死過了的人，忍不住問道：「給死人理髮你不害怕麼？」店主人說：「請你原諒，先生，生活在俄國的我們，對甚麼怪事都完全習慣了……」

作家先生理過了髮，就奔跑到送葬行列，參加自己的喪禮，並且嚷著：「來看呀，這是小說家出喪哩！」他並且和身邊的點燈夫攀談，說：「知道這故人嗎？」點燈夫說：「不單知道還利用過他一點呢——街燈正在他家對面，他每夜不睡，亮著燈向著桌子，一直到天明，他家窗子裏射出來的燈光夠亮了，我可不必再點街燈了，讓我賺了一盞燈油，他倒是個合用的人物。」

到了墓地，作家先生竟然有機會演說，翌日報章這樣報道：「有人在墓地作了令人感動的演說，雖然有誤解、有過譽，他以明確的愛慕感情作了演說。」於是，作家先生再爬進棺材，徹底死掉了。

二

高爾基的童話，引用了安徒生（Hans Christian Andersen）的一句話做為引子：「沒有一種童話，能比生活自己所創造的更美麗。」

高爾基的童話在結束之前，總會故意說：「這故事裏，甚麼教訓之類，是一點也沒有的」，或者會說：「這故事裏，是甚麼意義也沒有的……連一點也沒有！」然而，他那些「沒有教訓」、「沒有意義」的故事，卻常常使我聯想起一些故事以外的人，彷彿故事裏的人一直活到今天，或者乾脆說，那些人是「永生」的——永遠生存在這熙熙攘攘的世界裏。

《俄羅斯童話》裏的「永生者」，有「非常好名的作家」，也有欺世盜名的詩人——寫了一首歌頌生命毀滅的詩而聲名大噪，婚禮也用上了葬禮的儀式來舉行，藉此製造一個虛假的自我形象；有起初為了月薪十六盧布而裝成厭世主義者的哲學家，到死還要改變自已普通的面貌，直至醫生卻告訴他：「現在的臉孔，是可以穿上褲子的臉孔了……」；也有一個革命家，愛用歷史來證明自己，從堆得像山的書本裏，只撕下符合他心目中的事實那幾頁。

「永生者」之所以稱得上「永生」，是由於他們身上的虛假、愚昧、以及內心的自欺欺人、恐懼和怯懦，正好是當世好一些人共有的質素。

高爾基的《俄羅斯童話》比之安徒生的童話，大概要醜陋得多，可兩者都是從生活本身提煉出來的。醜陋的童話在俄國被發現，卻一直在這世界的每一個角落不斷重演又重演，改編又改編——不斷複製出本質也許不變，形式倒時常更新的品種。我們於是相信，即使醜陋，也一樣是在生活本身創造出來的。那麼，那些醜陋的童話在沒有教訓中其實不無教訓，在沒有意義中，說不定也有另類的意義吧。

提起那些「童話」，我相信不必說近日流行的、企圖置身事外的話，諸如「如有雷同，實屬巧合」或者「全屬虛構」之類的，因為我相信如果有些甚麼文責，都應該由高爾基去負起的。

兩本毫無關係的書

一

凌晨三時了，斷斷續續的尋找了半天，尋找一本可能存在也可能不存在的書，最後，決定放棄了，才想起不如寫一封信給你。

要尋找的，是東妮·莫里森的《寵兒》（*Beloved*）。如果沒記錯，是兩年前在哈佛廣場的華滋華斯書店買的。翻了翻，想寄給你；也許寄了，想了一會，又覺得沒有。

不大認識這位黑人女作家。只是想，她得獎了，你大概會有些想法的。

最簡單的邏輯是這樣的：一個黑人，活在白人宰制的世界；一個女人，活在父權宰制的社會；一個邊緣族裔，活在主流文化的中心……。但這樣的陳述究竟表達了多大程度的真實性呢？

馮內果曾經跟他的作家朋友開了這樣的玩笑：一個作家如果要出名，只有兩個選擇：得獎或者自殺。這個時候，各地的文學界都在討論著東妮．莫里森，因為她得獎了。

然後呢？她會像索因卡（Wole Soyinka）、馬福茲（Nagib Mahfuz）、西蒙（Claude Simon）或威廉高定（William Golding）……，出名了一陣子，便被人遺忘了。

我們至少要承認，這個表面喧嘩的世界，其實是十分冷酷的，明年今日，恐怕又要尋找另一本書，尋找另一本歸於另一個人名下的書……。

於是，漸覺煩厭了。有時覺得Cinderella和青蛙王子一樣可憐，旁觀者只是在有了結局之後，才想知道多一點關於他們的故事。

就好比剛才近乎徒勞的尋找，就好比一本可能存在也可能不存在、可能寄出了也可能從沒寄出過的書。

然後天亮了，該好好睡一覺了。

二

找不到《寵兒》，卻找到馮內果的《戲法》，那是兩本毫無關係的書。

《戲法》說：在世界總有一天會去到終結時，遲或早，都要來，但並不是他寫故事的那一年，以及他寫故事的前一年……

馮內果設想，故事發生在二〇〇一年，美國國旗已經插在火星上了。但他回憶起一件往事，一個人死了，那是一九五二年，那時他是負十四歲（他——故事的主角，生於一九四〇年，在一九二六年，還差十四年才出生）。

但不要以為那是一個科幻故事，一點也不科幻呢。

馮內果只是設法把故事寫得有趣，在趣味中輕輕地觸及生命的傷口，然後漫不經心地說句黑色笑話，又掉頭去開始生命的另一個片段，尋找另一段趣味以及趣味底裏的悲哀……

與其說那是一段略為瘋狂的未來，或者那是一段充滿無奈的過去，倒不如說，那是一段無所適從的現在。

現在是最最重要的。到了最後，馮內果叫我們做一些不算深奧的算式，開方、不斷地減（減一百次、夠了沒有？），然後是一些形而上的加數……。

他只不過是要說這樣的一番話：只是因為我們能夠閱讀和書寫和做一點點算術，那並不等於我們因此便可以征服整個宇宙。

就是那麼簡單的一番話而已。那可不是甚麼偉大的思想。

可是，很多年來一直有人不再活在這本來並不深奧的世界了，到臨終的一刻，還不知道自己原來是那麼無知的。

近些日子，每天都在讀小說學英文，一個生字一個生字的做筆記，那是由於——不想說了，真有點難為情。

只是想，有生之年，原來還有很多東西可以學習的。

追趕自己的帽子

一

切斯特頓（G.K. Chesterton, 1874-1936）是二十世紀初的大雜家和多產作家，他寫詩、小品文、政論、歷史隨筆、短篇小說和科幻小說，著作等身，令他卓然成家的卻是偵探小說，他筆下的神探是一位像他自己那樣博學的神父。

博爾赫斯就很推崇切斯特頓的偵探小說，直指此君是「愛倫坡的偉大繼承者」，更認為兩者相比，繼承者無疑青出於藍。博爾赫斯也很喜愛切斯特頓的小品文，常在文章裏引用此君的警句。

切斯特頓也是幽默大師，他與蕭伯納（George Bernard Shaw）是好朋友，蕭伯納高而瘦，而他是個大胖子，有一回，蕭伯納跟他開玩笑：「要是我像你那麼胖，我寧願上吊。」他不慌不忙，慢條斯理地失說：「要是我想上吊，準會用你做上吊的繩子。」

梁遇春的《春醪集》被譽為「五四最美的散文」，他也很喜愛切斯特頓的小品文，還譯過此君的名篇〈追趕自己的帽子〉（On Running After One's Hat），此文盡見切斯特頓小品的絕妙——詩意、機智、幽默、學養與豁然的人生洞見，盡在其中。

〈追趕自己的帽子〉從水淹倫敦說起，起筆出人意表地浪漫，繼而笑談人生，幽自尋煩惱的世人一默：都說追逐被大風吹走的帽子可笑，但他認為老紳士追逐帽子可以像小孩子追逐皮球一樣快樂，追逐一頂帽子倒及不上追求一個妻子一半的可笑。

二

切斯特頓總會在說故事的時候忽然停下來，提出一個莫名其妙的問題：如果要藏起一片樹葉，你該藏在哪裏？他當然早有答案：還是把它藏在樹林裏吧。

他的文章總是充滿機智和幽默感，比如他論偏執：「可以給偏執下一個粗略的定義：沒有觀點的人的憤怒」；比如他論吵架：「人們吵架，通常是因為不懂辯論」；比如他論悲觀：「悲觀主義像鴉片一樣，是一種有毒的物質。雖然有時可以入藥，但絕對不能當飯吃」。

博爾赫斯欣賞切斯特頓的博學，本雅明（Walter Benjamin）卻欣賞切斯特頓筆下的狄更斯（Charles Dickens）——好一個城市漫遊者：

當他做完苦工，他沒有地方可去，只有流浪，他走過了大半個倫敦。他是個沉緬於幻想的孩子，總想著自己那沉悶的前程……他在黑夜裏從霍登的街燈下走過，在交叉路口被釘上了十字架……他並沒有注視十字路口以完善自己的心靈或數霍登的街燈來練習算術……他沒有把這些地方印在他的心上，但他的心卻印在這些地方。

切斯特頓有一次跟一位科學家一起吃晚餐，向科學宗講述了能量和權威的關係，為了使自己的論述更形象、更生動，他舉例說：「要是現在有一頭犀牛闖進這家餐館，不可否認，這龐然巨物在這裏無疑有很大的能量。可是我會第一個站起來向牠鄭重宣告：你用不著那麼囂張，因為你根本就沒有半點權威。」

三

可以想像，一個像奧登（W. H. Auden）那麼嚴肅的詩人未必會欣賞切斯特頓的隨筆，但他還是樂意為切斯特頓的隨筆選集寫序，並且聲稱前此很少讀切斯特頓的文章，其中一個原因是，切斯特頓自稱「快樂的報章作者」，寫了大量諸如〈我口袋中的發現〉（What I Found in My Pocket），〈論躺在床上〉（On lying in bed），〈獨腿的好處〉（The Advantages of Having One Leg）等「有趣」的每周隨筆；奧登說，「我們不再能從那種突發奇想式的隨筆中獲得任何快樂」，但他承認「切斯特頓非比尋常地善於消除俗見」。

切斯特頓衣食無憂，仍為報刊撰寫每周隨筆，只有他的好朋友本特雷（E.C. Bentley）才明白「如此生活是他執意的選擇」：「作為一個作家，詩人，切斯特頓更喜歡做一個定期為報刊撰稿的作家……」趕稿總是要折騰一番，但切斯特頓卻享受截稿日期帶來的麻煩。克勞斯（K.Kraus）更指出，切斯特頓的才華「被截稿日期所激發：如果他有更多時間他反而寫不好」。

切斯特頓對龐然大物（比如犀牛）、大買賣、以至偉大的東西總不以為為然，他說：「深谷觀景，渺小亦偉大：高峰覽物，偉大亦渺小。」他說：「他們的理想很偉大；但是沒有哪個現代國家能小到這種程度，可實現任何這麼偉大的東西。」有一次，他到美國演講，當看到百老匯大街的兩旁燈光閃現出各種商品廣告時，有此感嘆：「對於那些不識字的人來說，這些廣告是多麼漂亮啊。」

歲月的泡沫

一

法國爵士樂 CD 獎名為「維昂獎」，顧名思義，是為了紀念爵士樂奇才波力士・維昂（Boris Vian, 1920-1059）而設的。這個爵士樂獎項的意義，相當於安東尼鶴健士（Anthony Hopkins）較早時在金球獎頒獎禮榮獲終身成就獎，獎項稱為 Cecil B. DeMille Award，是為了紀念《十誡》（*The Ten Commandments*）、《埃及妖后》（*Cleopatra*）、《霸王妖姬》（*Samson and Delilah*）的導演狄米爾而設的。

安東尼鶴健士在頒獎台上向活在天國的狄米爾致意，說自己雖然年老了，但人生道路並未完結，狄米爾可要在天國多等他一會才可相聚了。這番話大概也是獲頒維昂獎的爵士樂手的心聲，戲謔裏顯然也有溫暖的感激。

維昂只活了三十九年，可他做了別人三生也做不了的事情。他在短暫的一生創作了四百多首歌曲，一九五四年的〈棄械者〉（Le Déserteur）是一首悲涼的反戰歌曲，時值阿爾及利亞戰爭（1954-1962）開戰不久，這場戰爭一如印度支那戰爭，激發了法國人民一系列的反戰示威。這首歌鼓吹拒絕兵役：

總統先生
我正在給你寫信
也許你會讀它
如果你有時間

我剛剛收到
我的入伍通知
要開赴前線
在星期三晚上之前

總統先生
我決定不去了
活在人世怎可以

去殺害可憐的同胞
……

這歌遭法國政府查禁，他索性將最後兩句歌詞徹底修改——由「手持鋼鐵的槍準備好／我會開火射擊」，改為「我已經放下武器／儘管向我開火射擊」。

維昂在《歲月的泡沫》（*L'écume des jours*）這本小說裏有一段迷倒不知多少迷惘一代的獨白：

> 反覆在江河流入大海之處，有一片難以踰越的沙洲，巨大的漩渦捲起泡沫，沉船的殘骸在其間翻騰滾動。在戶外的黑夜和室內的燈光之間，回憶如潮水般湧現，它們自黑暗冒出來，與光明碰撞，敞露出白色的胸膛和銀色的背脊，時而隱沒，時而顯現……

這是他生命中一段黑暗期的寫照，他的妻子米雪兒（Michelle Léglise）成為他的偶像沙特的情人，她常與沙特、西蒙波娃（Simone de Beauvoir）三人行——到法國南部幽會。他很痛苦，可他不但不恨沙特，還在《歲月的泡沫》中禮讚一個名叫 Jean-Sol Partre 的存在主義哲學家，以幽默、戲謔而溫暖的筆觸，對沙特和他的哲學作出漫畫式的致敬。

二

法國詩人普雷維爾（Jacques Prevert）有一首詩叫做〈波力士・維昂〉：

他的生日
他的死期
合成密碼語言
他懂音樂
他懂得機械
數學
所有的技術
……
他的心臟攻擊他
之後他變得沉默
而他離開他的愛人
他離開他的朋友

波力士玩命
……
像老鼠和貓
在歲月的泡沫裏
幸福的微光
像他玩著小喇叭
或是挖心器
可他是個卓越的賭徒
不斷延長自己的死期……

這首詩寫的是法國文化奇才波力士．維昂短暫的一生，他是小說家，詩人、劇作家、漫畫家和爵士音樂家，可他玩世不恭，一生就是一個笑中帶淚的悲劇。

「像老鼠和貓／在歲月的泡沫裏」，是指維昂的小說《歲月的泡沫》充滿戲謔而暗藏感傷的結尾：小灰鼠想自殺，向貓兒求教，貓兒說：「把你的腦袋放進我嘴巴等著吧。」小灰鼠問：「要等很久嗎？」貓兒便說：「就等有人踩我的尾巴，我需要有一個迅速的反應。」小灰鼠閉上眼睛，把腦袋擱好。貓兒把尖利的牙齒架在小灰鼠柔軟的灰頸上。牠們的鬚子纏在一起，貓兒舒展著大尾巴，讓它拖在人行道上。這時，孤兒院十一個失明的小姑娘唱著歌緩緩走過來——玩命的遊戲以凝鏡告終。《歲月的泡沫》寫得太棒了，其時被譽為「法國當代第一才子書」。

至於「幸福的微光／像他玩著小喇叭／或是挖心器」，是指維昂的小說《紅草》（*L'Herbe rouge*）裏，一名男子試圖用一種用來挖蘋果心的挖心器把記憶挖掉。那真是既荒誕又蒼涼的鬼主意了。維昂滿腦子都是反叛的惡作劇，且看他的一幅漫畫：一個修女撩起短裙，毫不客氣地伸出腳像踢皮球似的踢一個孩子的頭；另一幅畫了挖土工人將耶穌的十字架擲在地上，玩跳房子遊戲。

維昂死於近乎近作惡作劇的心臟病——他去看一齣以他的小說改編的電影，只看了十分鐘便心臟病突發，才三十九歲便一命嗚呼了。

一首香頌的因緣

內地歌手劉歡有一張專輯，名為《經典20周年珍藏錦集》，載有一首法國香頌（Chanson），叫做〈落葉〉（Les feuilles mortes，又譯〈枯葉〉）。那是一首經典名曲，作曲、填詞和原唱都是一時俊彥。

這首香頌是法國電影 *Les portes de la nuit*（《夜之門》，一九四四年）的主題曲——對匈牙利作曲家高斯馬（Joseph Kosma, 1905–1969）來說，〈落葉〉只是小品，他在五十年代專為法國導演馬素卡內（Marcel Carne, 1906–1996）、雷諾亞（Jean Renoir, 1894–1979）的電影作曲；填詞人普雷維爾（Jacques Prevert, 1900–1977）則是馬素卡內的編劇，他也是一位詩人，據說詩集銷量達五六十萬本；原唱者是法國演員兼歌手伊夫蒙丹（Yves Montand），他與阿倫狄龍（Alain Delon）合演、由梅維爾（Jean-Pierre Melville）執導的《奪寶群英》（*The Red Circle*），在港叫好又叫座，此片大概是吳宇森的其中一部啟蒙電影。

高斯瑪是猶太人，一九〇五年生於布達佩斯，他的外祖母是李斯特（Franz Liszt, 1811-

1886）的學生，在他五歲時鼓勵他學鋼琴。一九三三年為了躲避納粹，落魄巴黎，那時他連一句法文都不會說，生活潦倒，好在遇上了普雷維爾，兩人成為互相欣賞的知交，普雷維爾還把他引薦給雷諾亞和馬素卡內，從此他便開展了為電影作曲和配樂的生涯。

這段因緣造就了一首不朽名曲，數十年來，〈落葉〉不知被重新演繹過多少次了。法國男中音盧克斯（Francois Le Roux）就唱得非常秋意，楚楚戚戚，十分動人，美國爵士樂手狄芬科（Buddy Defranco）的單簧管版也是極品。可是後來有說這首名曲並非高斯瑪的原創作品，乃抄襲自不見經傳的約翰瑪山（John P. Mazan），真相已無從稽考了，那倒是一個永遠洗不掉的污點。

普雷維爾與華文文學界特別有緣，五十多年前，馬朗主編的《文藝新潮》已譯過他的詩，後來也斯在《中國學生周報》也譯過；新加坡的陳瑞獻把他的名字譯為卜列維，台灣詩人非馬則譯作裴外，另有台灣劇場界將他全名譯作賈克佩維，內地則沿用舊譯普雷維爾。他的詩至少有五個中譯版本，除了陳瑞獻譯的〈早餐〉，非馬譯的〈在花店裏〉也教人喜愛：

> 一個人走進花店／挑了些花／賣花的把花包紮起來／這人把手放到口袋裏／去掏錢／……／突然地／他倒了下去／在他倒下去的同時／錢在地板上滾來滾去／然後花掉落地上／……／而賣花的站在那裏／看著錢滾來滾去／花在敗壞／人在死去／顯然地這一切都很可悲／而她該做點甚麼／這賣花的／但她不知該從何著手／她不知道／從哪一端開始／有這麼多事要做／這人在死去／這些花在敗壞／而這錢／這錢滾來滾去

／不停地滾來又滾去

感謝陳寧，我央她代譯這首香頌的歌詞，她透過電郵，找到旅居巴黎的彭仁郁小姐幫忙，特地為我中譯了這首〈枯葉〉，順帶一提，彭小姐是克莉斯蒂娃（Julia Kristeva）的學生，也是《恐怖的力量》（*Pouvoirs de l'horreur*）的中譯者，那就將彭譯公諸同好吧：

喔，我多麼希望你記得／那些我們曾經是朋友的快樂日子／那時候人生更美／陽光比今天更熾烈／枯葉遍地　俯拾皆是／你看，我未曾忘記／枯葉遍地　俯拾皆是／記憶與懊悔亦然／北風襲捲　將它們帶走／在遺忘的寒夜／你看，我未曾忘記／你對我唱過的那首歌

這首歌如我們的寫照／你我彼此深愛著／我們一起生活著／愛我的你，愛你的我／但人生拆散相愛之人／悄悄地，未發出一點聲音／大海拭去沙灘上／離異戀人的足跡枯葉遍地俯拾皆是／記憶與懊悔亦然／但我沉默而忠誠的愛／微笑依然，感謝生命／我曾多麼愛你，你曾多麼美麗／如何教我把你忘記／那時候人生更美／陽光比今天更熾烈／你曾是我最甜蜜的朋友／但懊悔亦是枉然／那首你曾唱過的歌／永遠永遠，將縈繞在我耳畔

忘情水與第三岸

還記得如夢似幻的英國電影《亡情水》(*Young Adam*)嗎?亞歷山大・托魯奇(Alexander Trocchi)筆下的一艘運煤船,穿梭於蘇格蘭格拉斯哥和愛丁堡的霧雨和陽光;一個像作者那樣頹廢的年輕作家,穿梭於幾個女體(活的和死的);一個喝得半醉的中年漢子,發現妻子在船艙通姦,自己卻在艘頂踱步抽煙、等待攤牌,然後不帶走半點雲彩……都在漂泊,在河的第三岸。

在河的東岸或西岸、左岸或右岸以外的第三岸,大概是一條船,如果不是在「忘情水」上往復來回的運煤船,也許就是「沉默的父親」的終極歸宿:一艘以精選的含羞草造成的,可以在水中獃上二、三十年的「不繫之舟」。

〈河的第三岸〉(*The Third Bank of the River*)是巴西作家羅薩(Joao Guimaraes Rosa)的一個短篇小說:生活得誠實而有規律的「父親」有一天要離家登船而去——也沒有到哪裏去,僅僅在附近划著船;家裏由「母親」掌權,常常罵人,罵「父親」、哥哥、姊姊和

「我」。

也斯、余華和毛尖都談過〈河的第三岸〉，似乎各有各喜歡。「父親」就在此岸和彼岸以外找到安身立命的「第三岸」，「母親」想盡辦法讓他回家，可都無效，他的船總是划得遠遠的，船在漂浮，他始終拒絕和任何人交談。

誰都很難了解「父親」何以在船上忍受那麼多的苦難，日月、太陽、雨水、炎熱、霧氣、嚴寒、孤獨。過了許多年，生命就在無意義的漂泊中溜走。姊姊結婚了，生了小孩，遷居了，哥哥也走了，母親也死了，「我」沒結婚也老了，「父親」仍在「忘情水」上漂泊餘生。

「我」後來跑到河邊，對「父親」說：「回來吧，我會代替你……我會登上你的船，頂替你的位置。」「父親」首肯了，但「我」嚇病了。從此沒有人再見過他，「我不得不在內心廣漠無際的荒原中生活下去」。

孩子哭喊，震駭了每一座變黑的教堂

一

歐陽江河寄來了威廉・布萊克（William Blake）的《天真與經驗之歌》（*Songs of Innocence and of Experience*）中譯本，楊苡譯，列入水準頗高的「詩苑譯林」。幾年前，在卞之琳譯的《英國詩選》底頁，就看到到布萊克詩選的預告，如今收到此書，頗有點喜出望外，更何況裏面還有布萊克的蝕刻銅版畫，那就很好。

粗略了翻閱了十多譯首，跟版畫文本對照來讀，覺得詩譯得不怎樣好，譯者把握不到原詩微妙的語調，尤以〈飄蕩著四聲的草地〉（*The Echoing Green*）這一首為甚。我之前所以對此詩特別留意，是因蘇珊・朗格（Susanne K. Langer）在《感情與形式》（*Feeling and Form*）一書中，對之分析甚詳。另外，版畫印得也略嫌模糊，原件大抵也不很清晰吧，但最大的問題恐怕還是製作不大講究，有好幾幅我在英文版本看過，效果肯定不是那麼糟糕。無論如何，這是我見過的唯一布萊克中譯本，想來也不必太苛求了。

中國讀者對布萊克大概並不陌生，至少讀過這四行詩吧：

從一粒沙子裏看到一個世界，
從一朵花裏看到一個天堂，
在你的掌心裏把握無限，
永恆在一剎那間收藏。

這首詩還有一種比較「中國化」的譯法：「一花一世界，一沙一天國，君掌盛無邊，剎那含永劫。」（田漢譯）

此外，徐志摩譯過布萊克的 *The Tyger*，譯為〈猛虎〉，但並不是當作翻譯，倒是當作創作，收錄於《猛虎集》——詩集也以此詩命名：

猛虎，猛虎，火燄似的燒紅，
在深夜的莽叢
何等神明的巨眼或是手
能擘畫你的駭人的雄厚？

這頭通體明亮、均稱而富於象徵的老虎，出自布萊克的《經驗之歌》。

蘇珊・朗格是卡西爾（Ernst Cassirer）的學生，也秉乘了卡西爾的「符號文化」（symbol culture）論述，她認為詩如果是一種創造，它所創造的不是任何現實的物質，只是「生活的基本幻象」，因為從詩的第一行開始，詩人便建立了經驗的外表，從而穿透生活的幻象，讀者所讀到的，就是經驗的虛幻秩序。她在《感情與形式》一書中論詩，一再以布萊克的作品為例，旨在闡明她的符號詩學的構想。她對布萊克的〈老虎〉有這樣的分析：

普通的老虎常常在黑暗的叢裏潛行，不會在那黑夜的樹林裏燃燒。『夜晚的樹林』這一短短的措詞特色，使得這個地方同那隻老虎一樣地不真實，一樣地具有符號性質，因為這裏的語法結構（捨此無他！）使樹林與夜晚相似，而不是以通常的『形名結構』──『黑暗的（或陰暗的）樹林』──來表達常識中樹株那種『暗』的性質。布萊克的這隻『虎』並非凡俗之物，沒有日常習慣；它本是上帝所造，具有惡魔的心腸和頭腦。大自然的奧秘就在牠身上：『造羔羊者能造你嗎？』

這樣一隻老虎的幻象即為一種虛幻的經驗，是詩歌從頭到尾建立起來的。除非詩的開頭割斷了讀者與周圍實際環境的聯繫，否則，甚麼東西也建立不起來。正是這種割裂才能創造欣賞歌經驗的物質條件，而將不相干的思維在不知不覺中壓抑下去。」（詳見蘇珊・朗格《感情與形式》中譯本第十三章「詩歌」，頁二四四，劉大基、傅志強、周發祥合譯，中國社會科學院出版社，一九八六年八月第一版，該書列入李澤厚主編的「美學譯文叢書」）

至於〈飄蕩著回聲的草地〉（The Echoing Green）一詩，蘇珊．朗格認為需要注意題目，Echoing 這個字不是描述性的，而是一個「暗示往事重現的符號」：

太陽升起來，／天空也歡快。／快樂的鐘聲齊鳴，／歡迎這春天降臨。／雲雀和畫眉，／灌木叢中的鳥群，／周圍的歌聲更加嘹亮。／配合著快活的鍾兒響，／這時看得見我們嬉戲，／在這飄蕩著回聲的草地。

老約翰一頭白髮，／笑得毫無牽掛，／坐在橡樹下面，／在老人們的中間。／他們／他們笑著看我們玩耍，／一會他們就都說開啦，／這些也曾是我們的樂趣，／當我們都還是少男少女，／那時我們還正在青春時期／就在這飄蕩著回聲的草地。

等到小孩子們都玩累啦，／他們不再嘻嘻哈哈，／太陽正在下降，／我們的嬉戲就此收場：／有多少兄弟姊妹，／偎依在媽媽周圍，／就像巢裏的小鳥，／準備著要睡覺了：／再也看不見有人嬉戲，／在那漸漸暗下來的草地。

蘇珊．朗格指出，詩中的橡樹是傳統的、天然的、長壽的象徵，而老約翰則交織著衰老與青春，因為按照《聖經》說法，「約翰」意謂「年輕人」，布萊克熟諳經籍，應是有意選用「老約翰」此一「曲現的」（oblique）符號——蘇珊．朗格引述英國學者提爾亞德（E.M.W.Tillyard）的詩論集《詩歌：直陳的與曲現的》（*Poetry, Direct and Oblique*），對此詩作出詳盡分析，她認為詩中每一詞語都可當作符號來分析，從而探尋整合統一、伴隨情感的「藝術形式的構成」——布萊克的詩，正好給她提供了相當具說服力的例證。（詳見蘇珊．朗格《感情與形式》中譯本第十三章「詩歌」，頁二六六）

也許，所謂「虛幻的生活」、「經驗的虛幻秩序」、「生活的幻象」，容易使人聯想到「逃避現實」的流行觀點，蘇珊．朗格不免也有恐遭曲解的顧慮，她說：「一個作為藝術形象而創造出來的世界，是供我們觀看的，不是供我們生活其間的，在這方面它根本不同於精神病患者的『私人世界』……」（詳見蘇珊．朗格《感情與形式》中譯本第十三章「詩歌」，頁二五六至二七二）

二

愛爾蘭詩人葉慈（William Bulter Yeats）一九二三年獲頒諾貝爾文學獎，他在頒獎演說中特別提到布萊克：

> 年輕時，我就與友人合作，花了多年時間，撰寫了一部對英國詩人布萊克的闡釋性的著作。布萊克最初是你們的史威登堡（Emanuel Swedenborg）的信徒，經過激烈的反

> 叛，最終還是回到他最初的信奉。我和我的友人不得不屢次求教斯威登堡的著作，來對布萊克的某些晦澀段落作出解釋，因為他的著述神秘晦澀，還有反證法。然而，布萊克對英國這四十年來富有想像力的思想的影響，與柯勒律治（Samuel T. Coleridge）對其身後四十年的影響一樣巨大。在詩歌和繪畫理論中，布萊克始終是斯威登堡的闡釋者或叛逆者……

史威登堡是十八世紀的瑞典科學家、神學家和神秘主義思想家，他根據自己的「靈魂離體」，「遨遊靈界」的所見所聞所感所思，寫成八卷本、死後才被整理出版的《靈界日記》（*Spiritual Diary*），以及《天堂與地獄見聞錄》（*Heaven and Hell: Drawn from Things Heard & Seen*）等巨著，詳述他在靈界如何與其他生命溝通，揭示了前所未有的靈界知識和思想——據說這是神秘的「通感」（synaesthesia）理論的起源，這套神秘的美學（或靈異學）思想啟迪了哲學家康德（Immanuel Kant）、心理學家榮格、小說家亨利·詹姆斯（Henry James）、電影導演希治閣（Alfred Hitchcock），也對象徵主義思潮構成很大的影響，儘管象徵主義乃專指法國詩人如波德萊爾（Charles Baudelaire）、魏爾倫（Paul Verlaine）、馬拉美（Stephane Mallarme）、瓦萊里（Paul Valery）等所掀起的文學思潮，但很多論者卻認為，布萊克比法國象徵主義詩人更早從斯威登堡的學說中吸取養份，更早運用自發性質的象徵語言。

英國學者羅吉·福勒（Roger Fowler）認為：「在象徵朱庇特（Jupiter）的鷹與葉慈的神

秘主義之間，是布萊克對聖經的象徵語言的頗具特色的借用，以及人們稱為象徵主義的重要文學運動」，而布萊克的象徵給讀者昭示了隱藏在日常現實的象徵背後的秩序。

布萊克生於一七五七年，十二歲開始寫詩，但在生時一直沒沒無聞，直至二十世紀，他的作品才得到肯定和承認，並且對不少詩人產生巨大的影響。

三

布萊克的繪圖文本（在銅版上蝕刻詩與畫）告訴我們，詩與畫對他來說，原是同一物的兩種形式所構成的一個藝術整體。《布萊克全集》（*The Complete Writings of William Blake with Variant Reading*）的編者G・凱因斯（Geoffrey Keynes）在《天真與經驗之歌》的〈引言〉中指出：「用這種形式印出他的詩歌的那種衝動，一部分是由於他本身的氣質；對他來說，他所想像的人生比物質世界更為真實。這種哲學要求意念與文字符號融為一體，轉換成可見的形象，文字與符號相互加強。」根據葉慈的說法，布萊克對於哲學和象徵的意念，正是來自對史威登堡學說的信奉及反叛。

《鏡與燈》（*The Mirror and the Lamp*）的作者M.H.阿伯拉姆（Meyer H. Abrams）從象徵的角度解讀布萊克的〈病玫瑰〉（The Sick Rose），這首詩只有八行，以下是楊苡的譯本：

哦，玫瑰，你病了。
那看不見的昆蟲
飛翔在黑夜裏，
在咆哮的暴風中。

發現了你的床
沉緬在猩紅色的歡欣：
他那黑色的秘密的愛情
卻毀掉了你的生命。

阿伯拉姆指出：「這首詩中的『玫瑰』不是明喻或暗喻的喻體，因為它缺少相對比較的主體」（玫瑰作為喻體，通常指示一個特定的女性）；布萊克的玫瑰既是一朵現實的玫瑰，「同時也是超過一朵玫瑰的某種東西。詩中的『玫瑰』和『床』、『歡欣』、『愛情』的字面意義與一朵實在的花可謂風馬牛不相及」，而詩句中潛伏著不祥的強烈感情，「促使讀者去思忖：被描寫的物體必定還有更深一層的暗示，使之成為象徵」。他認為「布萊克的玫瑰是『個人的』象徵符號」，跟但丁（Dante）〈天堂篇〉（Paradise）最後一章和其他基督教詩歌中的象徵玫瑰不一樣——不是約定俗成的、眾所周知的一套宗教象徵標記中的一個因素」，「只有從布萊克這首詩的含蓄啟示——『床』與『愛情』的情慾意涵，特別是跟『歡欣』和『昆蟲』的聯繫」，以及對這首詩裏被描寫物體的聯想，才可以讀透箇中的赤誠與毀滅。

四

王佐良談英詩，稱華茲華斯（William Wordsworth）、柯勒律治、拜倫（George G. Byron）、雪萊（Percy B. Shelley）、濟慈（John Keats）為五大浪漫主義詩人。這五位英國詩人都是生於十八世紀，至十九世紀初相繼在詩壇出現，可以說是布萊克的同代人了。讓我們看看布萊克和五大浪漫主義的生卒年份：

布萊克：1757-1827
華茲華斯：1770-1850
柯勒律治：1772-1834
拜倫：1788-1824
雪萊：1792-1822
濟慈：1795-1821

布萊克比五大浪漫詩人年長十多歲到三十多歲，也比拜倫、雪萊、濟慈三位短命詩人多活了幾年，這樣看來，他跟英國浪漫主義大概不會毫無關係了。捷克裔的美國學者韋勒克（Rene Wellek）認定歐洲主要的浪漫主義運動並非孤立的，而是一個在理論、哲學和風格上的統一體，而這些因素又形成了一組連貫一致、互相關連的思想觀念；他在〈文學史上的浪漫主義〉（The Concept of 'Romanticism' in Literary History）中強調：「所有浪漫主義的大詩人都是神話詩人和象徵主義者，他們的創作實踐，必須從他們企圖給予這個世界一個總的神話式解釋此一意圖出發，方可理解。只有詩人才握有開啟的鑰匙。布萊克的同代人已開始復活這種神話詩……但是，第一個大批地創造一種新的神話的英國詩人，卻是布萊克。」（詳見 Concepts of Criticism, Ed. Stephen G. Nichols, Jr. New Haven: Yale University Press, 1963. pp.128-198.）

韋勒克認為「布萊克的神話既不是古希臘羅馬的，也不是基督教的——儘管夾雜了許多《聖經》和彌爾頓（John Milton）的成分，而且不甚清晰地吸取了某些凱爾特人（Celtics）的神話，應說得準確些，是神話的名稱」。據韋勒克分析，布萊克的神話「企圖創建一種宇宙起源說，同時又企圖提出某些啟示：一種歷史哲學，一種心理學，以及（最近才被人強調的）一種政治和道德的幻想。連最單純的《天真之歌》和《經驗之歌》，都滲透了布萊克的象徵……他以為文明是循環的。他相信種種形而上學的時間理論。他對瀰漫於原始社會的神話原型思索良久……」

幾乎所有浪漫主義詩人都相信「具有創造性的想像力」是這樣的一種東西：它是觀察、協調、綜合的力量，它抓住舊的事物，透過其表面將潛伏於內裏的真實性加以分解，再加以重建——它給重建後的宇宙以新的形象，賦予一個它所應有的、富於藝術力量和美感的形式。如果這樣的一個說法能夠成立，那大概就是一套關於自然的理解了。布萊克認為我們可以「從一粒沙子裏看到一個世界，／從一朵花裏看到一個天堂」，想像力被他理解為一種絕對的創造力，或者像韋勒克所論述的那樣：「人和自然不僅相互連續，而且互為象徵。」

布萊克跟他同代的浪漫主義詩人相異之處，是他並不像浪漫主義者那樣將自然人格化，在他看來，自然與人是同樣墮落的，他強烈反對以牛頓（Isaac Newton）為代表十八世紀宇宙論，他說：「願上帝使我們遠離，孤獨的幻影和牛頓的睡眠。」他相信「太陽散發出他的光芒，／依賴於注視著光芒的器官」。他的詩有一種強烈的意識，就是堅持人類的墮落和物質世界的創造是同一回事，在未來的黃金時代裏，自然將與人一起重新恢復原始的光榮——關於這一點，在《天真之歌》和《經驗之歌》的兩首〈掃煙囪的孩子〉（The Chimney Sweeper）中，尤其突顯。

煙囪產生污垢，由身形瘦小的小童去打掃，正是布萊克所突顯的人類的殘酷，在〈倫敦〉（London）這首詩裏，他說：

那掃煙囪的孩子怎樣地哭喊
震駭了每一座變黑了的教堂

五

也許是由於個人對「大文豪」、「大詩人」（相對於「小作家」、「次要詩人」）這等稱謂很不以為然，所以無法認同T.S.艾略特（T. S. Eliot）對布萊克的評價，尤其是他說「神話學、神學與哲學的底子所導致的集聚便是但丁為甚麼是一個大文豪，而布萊克卻僅僅是一個天才詩人的原因之一」，更教人感到博學背後的勢利——勢利，往往是建基於某些等級的預設標準。

布萊克起初只被視為一個神秘詩人，自二十年以來，有大量專著研究布萊克，發現布萊克的沉思自有一種微妙和前後一致的象徵意涵和神話系統，尤其是弗萊（Northrop Frye），他年輕時在布萊克的詩裏「發現」了「神話原型」（myth-archetype）的原理，他在《可怕的對稱：威廉·布萊克研究》（*Fearful Symmetry: A Study of William Blake*）中，指出布萊克與十八世紀末期的詩人曾遭受批評家相當不公平的對待：「這些批評家傾向於將這個時代僅僅看成一個過渡時期，不是反對蒲伯（Alexander Pope），就是待期著華茲華斯。」

弗萊在布萊克的詩裏總結出四個層次的生存空間：「幽路」（Ulro）、「繁生」（Generation）、「比烏拉」（Beulah）和「伊甸」（Eden）——

「幽路」處於最低層的，是孤獨的意識，反映認知過程的記憶，以解決抽象的觀念，只有主體，混沌如地獄，波蘭裔詩人米沃什一九七七年出版的散文集叫做 *The Land Of Ulro*，此書所探究和思考的正是這樣的一個世界；

上一層是「繁生」，那是一個有機組織，一個聚居凡人的主體與客體的環境，除了植物，再無他物可完全適應生存；

再上一層是「比烏拉」，出自《以賽亞書》（*Isaiah*），意即「有夫之婦」，寓意夫妻與子女天倫之樂的世界，同時衍生出另一深層寓意——童蒙對於認知宇宙的好奇；

最頂層的「伊甸」則是上帝君臨一切的世界，具有神奇與愛所創造的想像力——那是「伊甸」的起點，想像力的頂峰即為創造者與創造物的聯邦，意指詩人與藝術家的能量及其創造的美好新世界。

在弗萊的「神話原型」系統裏，這四重世界圖式意味著詩的四個敘述的起點，衍生了墮落、死亡、救贖與再生的四大主題。以此推論布萊克的詩和詩學，也不見得比但丁在《神曲》（*La Divina Commedia*）的三重世界缺少「偉大」的因素——儘管在我看來，「偉大」從來都不大可靠。

喜歡布萊克，是由於起初讀到卞之琳所譯的兩首〈掃煙囪的孩子〉，覺得詩中某些感覺，與友人阿藍十多年前的一些作品似有相近的地方，同樣是以一種親切的語調細說童工的悲哀，當中也有一些在不幸處境裏閃耀著的憧憬或者幻想。

後來，先後讀了蘇珊•朗格的《感情與形式》、韋勒克的〈文學史上浪漫主義的概念〉、弗萊的《可怕的對稱》，當然還有徐志摩所譯的〈猛虎〉，以及吾友也斯對徐志摩、卞之琳譯本的比較分析，乃至葉慈、阿倫．金斯堡（Allen Ginsberg）等詩人所探討的布萊克神秘思想，從中彷彿得到更多關於布萊克詩的認識，於是借來了《布萊克全集》，讀來恐怕一知半解，只是覺得即使對詩中的神話成分不大了了，也一樣可以親近詩中的幻想世界。

布萊克在〈天堂與地獄的聯婚〉（Marriage of Heaven and Hell）中說：「藝術和科學只能生存在有條不紊的瑣瑣細細裏」，他討論牛頓，否定代表理性的上帝，預言天國與地獄的結合將成為理想的人世，他讚美肉體生機勃勃的美，讚美象徵力量的撒旦——「力是唯一的生命，來自肉體，理性是力之界限或外國。力是永恆的歡樂」，彷彿宣布崇尚激情、想像的浪漫主義的新時代的到臨。T.S. 艾略特嫌他的詩不怎樣巧妙，指形式沒怎麼安排好，但這正好是我心目中的布萊克的好處。

我・我們・我們感

一

《伊索寓言》（*Aesop's Fables*）有一則關於「我」和「我們」的故事——兩個人一起起一段路，其中一個撿拾了一柄斧頭，對另一個人說：「看我撿拾了一件甚麼東西！」另一個人說：「不要說『我』，應該說『我們』，斧頭是『我們』一起發現的。」

遺下斧頭的人來找失物，不由分說就斥責兩人偷了他的斧頭。撿拾斧頭的那個人對另一個人說：「唉！我們倒楣了！」另一個人立刻答道：「不要說『我們』，說『我』好了，斧頭是你撿拾的。」

從「我」到「我們」，再從「我們」到「我」，這寓言的教訓大概不單在於「共同利益」與「共同患難」的層面，「我」和「我們」在不同處境的差異，總是從「我」的立場開始的，對，不可能不是「我」的抉擇——要不要成為「我們」的一分子？伸而廣之，當然不光光是物質上（比如說，一柄斧頭）的利害關係。

從「我」到「我們」，在文學藝術來說，可以發展為所謂團夥、學派或流派。流派形成的因素繁多，這裏只是從「我」和「我們」這一觀點，假設流派形成的兩個可能的形式：第一，「我們」是相對「他們」而形成的，即透過若干個「我」對當前另一流派考察和反省，提出另一套觀念；第二，「我」是既得利益階層，為了鞏固本身的地位，對他者施以意識形態的審判，乃至統治，形成一個以「我」為中心的「我們」階層。

楊絳在《幹校六記》中，也有「我們感」之說，「我們感」就是「我們」的共同感受，是相對「他們」而言的，近於上述的第一種流派形成的可能性。

在政治宣傳式的文章裏，「我們」代表一個集團發言，常常把「我們」的標準、尺度演繹成唯一的真理，其實只是將「我」這個核心，企圖擴大控制範圍。這與第二種流派形成的可能性是相吻合的。

現代意識形態論者認為，「我們」和「他們」的抗衡，往往是簡單的二分關係，無產階級對抗資產階級、唯物論者對抗唯心論者，都往往把對方說成惡貫滿盈，本身於是站在唯一的真理那一邊。

「我們」和「他們」之間，沒有相對的考量，也沒有妥協餘地。

二

從「我」到「我們」，就是由個人擴展到一個集體，這樣的一個集體（或集團），往往是以抗衡、針對、排斥或者同化另一個集體（他們）為基礎的。

我想起屈堅斯（Frederick M. Watkins）、克藍尼克（Isaac Krammick）合著的《意識型態的時代》（*Age of Ideology: Political Thought, 1750 to the Present*），此書指出現代意識形態的特點，有下列三端：

其一：現代意識形態的目標，是建構一個烏托邦式與天啟式的世界，假定一旦達到承諾的目標，現代生活的其他繁雜問題都將迅速消失；

其二：習慣於從簡化的「我們與他們」的角度進行思考，亦即不是同志，就是反動分子——非友即敵的二分法；

其三：意識形態活動的發展者，一直對人類進步抱極度樂觀的見解，並從本身的此種見解，獲得主要的力量，相信本身必可取得最後勝利，因為他們自信站在人類福祉的一邊。

上述三端，本來是審視考察自一七五〇年到二十世紀六十年代的政治思想，從而探索人性、個人與國家社會的關係以至經濟與政治體的關係。所謂意識形態，該書只是以最通俗的意義去理解，不涉思想論爭的範疇，在這層意義上，意識形態就是政治信仰的意識形態，這些信仰將規範化的見解導入政治生活中。

我們如果將現代意識形態的特點和意義應用於文藝流派的考量，大概可以觸及一些本質的問題。從「我」擴展到「我們」，不免是相對「他們」來說的。從現代意識形態的角度看來，文藝流派何嘗不是一種信仰的意識形態呢？

如果說某些文藝流派的目標是要建構一個令繁雜問題迅速消失的烏托邦與天啟式的世界，習慣於同化和消除「異己」，並且自信本身才是最後的勝利者；那麼，就必然有另一個流派——從「我」發展為「我們」，抗衡「他們」所進行的意識形態的統治。

兩種各走極端的文藝流派之所以形成，其實就是以統治與反統治的觀念為基礎：統治勢力為了達到目標，提出一些合法和非法的標準，將繁雜的問題簡化；而反統治勢力則對合法和非法的標準提出質疑，而質疑往往以還原問題的繁雜性為出發點。

身體怨曲

一

美國小說家菲臘羅夫（Philip Roth）有一本探討女體的小說，名叫《垂死的肉身》（*The Dying Animal*），書名出自愛爾蘭詩人葉慈的〈航向拜占庭〉的第三段：Consume my heart away; sick with desire／And fastened to a dying animal……可參照查良錚的中譯：「把我的心燒盡，它被綁在一個／垂死的肉身上，為慾望所腐蝕，／已不知它原來是甚麼了；請盡快／把我採集進永恆的藝術安排」。

《垂死的肉身》由一名老教授憶述他與二十四歲古巴女學生之間的不倫之戀，他迷戀她隱藏在衣服底下的高聳乳房，出於對青春的嫉妒與年邁的恐懼，他一直在垂死與性愛、誘惑與消逝之間掙扎；女學生其後離他而去，使他長期飽受精神折磨；八年後，他收到女學生患上乳癌的消息，並要求他為她拍攝裸照……

《垂死的肉身》透過老教授對青春女體的迷戀，探討解放與自由、禁慾與自虐、詩的挑逗與音樂的撫慰、慾望的本質與支配關係，那是葉慈〈航向拜占庭〉的變奏——將剎那情慾燃燒成為永恆追憶，身體無論有多美好，還是敵不過時間和命運的摧殘，任憑你有多睿智，都沒法阻擋身體隨著時光不斷流逝，真是無限蒼涼的身體怨曲。

二

菲臘羅夫的《垂死的肉身》有很多大膽露骨的情色場面，當中也有不少哲思化的「親密閃光」，詩化的女體與垂死的肉身這本層層交織，恍如一首教人思之惘然「身體怨曲」。捷克電影《親密閃光》，以相對含蓄的影像描述男性對女體的迷戀，以及有時不得不逃避的一些處境，拍得相當雋逸清新，最後一幕三男三女一起祝酒，一起仰首期待凝結的蛋酒流進口腔，更充滿了對美好生活的嚮往——凝結的蛋酒是一個呼之欲出的隱喻，教人聯想到戲中人對身體誘惑的思慕和逃避。

相對以言，菲臘羅夫所描述女性身體（尤其是乳房）就直接而荒誕得多，他寫於一九七二年的小說《乳房》（*The Breast*，台灣譯為《我是乳房》），手法類於卡夫卡的《變形記》（*The Metamorphosis*），描述一名大學教授一覺醒來變成了一個高六呎，重五十五磅的巨大乳房。

這是典型的羅夫式慣技，以虛構的處境引誘讀者墮入似是而非的情色陷阱。在《乳房》中，大學教授在變形十五個月後，用乳尖向妙齡女友訴說自己的變形歷程，以及異化後的恐懼感——這世界要是突然徹底女體化，兩性的矛盾與衝突，文明對異性身體的遐想和畏懼，會不會帶來更多無法排解的問題？

菲臘羅夫：遍佈污點的人生

現年七十八歲、著作等身的美國小說家菲臘羅夫（Philip Roth）一再失意於諾貝爾文學獎，卻獲頒第四屆國際布克獎（Man Booker International Prize），對他來說也許還不算是一個安慰獎，倒是一個留有污點的獎項，因為三人評審團的唯一女性、作家兼出版人卡門卡利爾（Carmen Callil）不滿賽果而退出評審團，還說「我根本沒將他視為作家」，更指羅夫的作品乃「皇帝的新衣」。

這樣的一個小小污點對素有背患的羅夫來說，想來也算不上一回事吧，他的一些小說曾被評為「猶太味太重」，「性描寫太多」，「文筆過於插科打諢」，他的同行兼主要競爭對手厄普代克（John Updike）曾在《紐約客》的一篇書評說：「有些讀者以為菲臘羅夫近來的書中太多菲臘羅夫……」而他的前妻、英國女星嘉莉布魯姆（Claire Bloom）跟他結束了十七年婚姻後，在回憶錄《玩偶之家出走記》（*Leaving a Doll's House : A Memoir*），直指他是「虐待女性狂」（a gleeful misogynist）。這些或大或小的打擊，他都熬過去了。

菲臘羅夫大概也深知他的小說一直有兩極化的反應，喜歡的會一直喜歡下去，討厭的當然亦會一直討論下去。黑人評論家史丹利克勞治（Stanley Crooch）倒曾替他作出不平鳴：「他（羅夫）終於打破了美國小說中的種族隔離。你知道，黑人老是連篇累牘地寫黑人，猶太人也老寫猶太人。羅夫此時此刻卻決意攀越籬笆。」

而國際布克獎的首席評審傑高斯基（Rick Gekoski）也替菲臘羅夫鳴其不平：「他的想像並不侷限於猶太身分，卻讓小說藝術復活……一九五九年，他寫了《再見，哥倫布》（*Goodbye, Columbus*），那是大師手筆；事隔五十一年，他的近作《復仇女神》（*Nemesis*）是一部清新而難忘、活生生而匯集了他以往一切主題、教人眼前一亮的傑作……請告訴我，當今還有誰人像菲臘羅夫那樣，分別在相隔半個世紀依然寫出大師級巨著？」

卡門卡利爾也指摘國際布克獎不重視翻譯小說，名列決選的翻譯小說作者包括中國的王安憶與蘇童，西班牙的戈伊蒂索洛（Juan Goytisolo）、意大利的馬雷里（Dacia Maraini）、黎巴嫩的馬勞夫（Amin Maalouf），她認為這些作家不應只是此獎國際化名義下的點綴品……

唔，怎麼說呢？很政治正確，倒不便說不同意，但文學獎也不應光光是分配國籍配額吧？都不好說，那就不如說說菲臘羅夫的小說吧，裏面倒有不少深刻難忘的「政治不正確」，他自己則稱之為「嚴厲的鬧劇」（serious mischief）。

羅夫小說之所以給人不斷自我重複或重疊的印象，其中一個原因，可能是書中的主角常常名為索克曼（Nathan Zuckerman），乃有「索克曼三部曲」（The Zuckerman Trilogy）——《幽靈作家》（*The Ghost Writer, 1979*）、《解放了的索克曼》（*Zuckerman Unbound,* 1979）和《解剖課》（*The Anatomy Lesson,* 1983）；也常常名為卡佩希（David Kepesh），乃有「卡佩希三部曲」（The Kepesh Trilogy）——《乳房》（*The Breast,* 1994）、《慾望教授》（*The Professor of Desire,* 1994）和《垂死的肉身》（*The Dying Animal,* 2002）；感覺重複或重疊的另一個更主要的原因，大概就是源自近似卻不斷深挖的主題：變成另一個人，拋棄既有的一切，無止境的慾望與激情，永遠法面對的狡詐與偽裝，出走與脫胎換骨的饑渴，渴求變成一個全新的人，卻變成了一個人的雙重人格。

菲臘羅夫的近作《復仇女神》是他的第三十二本著作，終於注入了一些新元素，背景是一九四四年夏天，主角名叫簡達（Bucky Cantor，Cantor 意為領唱者），此人乃遊樂場總監，童年時患上小兒麻痺症，引致弱視，因此成為豁免入伍的少數人之一，他不用參加戰爭，但一生卻必須與疫症的遺禍搏鬥，存活於傳染病的恐懼：一個孩子患上小兒麻痺症，死了，簡達在孩子的葬禮上想：「這裏怎可能還有寬恕？就只有獨自哈里路亞——在精神錯亂的殘酷面前……」從此以後，以子留在世上的，只是「滿櫃的課本和體育用品……」

就在死亡的一刻，所有傳記都改寫了，所有觀念也從開始時就要改寫了——偶發事件的專橫原來就是一切了；這顯然不僅僅是簡達與小兒麻痺症的戰爭，而是他與自己的戰爭，餘生必須在責任與寬容之間，在記憶與遺忘之間，在生與死之間，只有永無止境的逃避——那是說，讓他維持殘餘的尊嚴唯一的辦法，就是否認他自己一度渴求承擔的一切事情。

這無疑又回到他的小說一貫的主題——渴望將自己分裂成另一個人，卻永遠像他的另一本曾改編成電影的小說《人性污點》（*The Human Stain*, 2000）：一名有黑人血統卻冒充猶太人的教授犯了一次政治不正確的錯誤，說了一句逃課的學生是「黑鬼」（spook），失去了教席，妻子離他而去，子女疏離他，他其後遇上一名目不識丁的黑人婦女，這段奇特的關係太吊詭了……可是無論他逃避到甚麼地方，也不可能抹去人生的一個污點。

行話：菲臘羅夫的「小說地圖」

菲臘羅夫獲頒國際布克獎，遭評審團唯一女性卡利爾非議，直指其作品乃「皇帝的新衣」，而他忽然成為新聞人物，從另一角度看來，至少還有人在「八卦」之餘，談論他的作品，這倒也不算是太壞的事吧。事實上，他有不少書都值得一談，比如他與一些國際知名作家（大多是猶太作家）的對談錄《行話》（*Shop Talk：A Writer and His Colleagues and Their Work*），就是一卷教人眼界大開的「小說地圖」。

對年輕的讀者來說，菲臘羅夫成名太早，創作年期太長而著作太多，也許不知從哪一本入手才好，那就不如聽聽閱讀專家的意見吧——話說二〇〇五年，《紐約時報書評》邀請了兩百多位著名作家、評論家、編輯推選「過去二十五年來出版的（美國）最優秀的一部小說」，菲臘羅夫竟有六部作品榜上有名，包括、《人生逆流》（*The Counterlife*, 1986）、《夏洛克戰役》（*Operation Shylock*, 1993）、《安息日劇院》》（*Sabbath's Theatre*, 1995）、《美國牧歌》（*American Pastora*, 1997）《人性污點》（*Human Stain*,

00）和《反美陰謀》（*Plot against America*, 2004），從這六本的任何一本入手，顯然都是不錯的選擇。

《行話》真的像一卷「小說地圖」，菲臘羅夫帶領讀者漫遊於當代的小說世界，比如他在都靈與猶太裔意大利化學家、小說家普里莫．萊維（Primo Levi）對談，暢談萊維的小說《猴子的痛苦》（*The Monkey's Wrench*）與《元素周期表》（*The Periodic Table*），從萊維長期在化工廠與油漆廠的工作，談到萊維被關進奧斯維辛集中營的歲月……

他在耶路撒冷與以色列作家阿哈龍．阿佩爾菲爾德（Aharon Appelfeld）對談，詳談阿佩爾菲爾德的小說《奇蹟的年代》（*The Age of Wonders*）、《一九三九年的巴登海姆》（*Badenheim 1939*）、《齊莉》（*Tzili*）……從《聖經》談到猶太經典《塔木德》（Talmud），乃至兩者的語言，讓讀者更深刻地認識哈金的導師——阿佩爾菲爾德乃哈金一九九三年在波士頓大學小說創作班的導師，哈金說這位導師只用一本教科書：新耶路撒冷版的《聖經》。

他在布拉格與伊凡．克里瑪（Ivan Klima）對談，後來又在倫敦和康涅狄格與昆德拉對談，兩位捷克作家都是經歷了「布拉格之春」的同代人，克里瑪說，出於憎恨或妒忌，捷克很少人評論昆德拉的作品，更有一些捷克文化人認為昆德拉並與參與艱難時期的抗爭；但克里瑪卻反問：一個作家為甚麼必須成為鬥士？昆德拉則認為在多個國家的生活經歷，對一位作家而言，無疑是巨大的裨益。昆德拉又說到《笑忘書》是「一篇綜合性的長篇散文」——反諷隨筆、小說敘述、自傳片段、歷史事件、異想天開，猶如音樂的複調，乃集大成的小說的綜合力量。

他在紐約與美籍猶太裔小說家艾薩克・辛格（Isaac Bashevis Singer）對談、在倫敦與最具爭議性的愛爾蘭女作家愛德娜・奧布萊恩（Edna O'Brien）對談，都能夠暢所欲言，談到寫作的壓抑與夢想，異教與精神抗爭，都談得愛恨分明；他又與瑪麗・麥卡錫（Mary Therese McCarthy）書來信往，就自己的作品互不贊同又各自表述，倒無損交誼。

他在重讀索爾・貝婁（Saul Bellow）作品的篇章裏，認為「在世俗的、民主的、沒有幽閉恐懼症的美國」，明確斷言自己在自由風格中有著「難以消除的公民自份」，無疑是大無畏之舉，他的「少作」《再見，哥倫布》（*Goodbye, Columbus*）曾經得到索爾・貝婁的賞識，在文章裏不忘感恩，聲稱「貝婁是我這樣的人的哥倫布」。

這樣的一卷「小說地圖」可謂波瀾壯闊，真的是誠懇又深刻的「行話」——既是會家子的「行話」，也是菲臘羅夫與不同國度的行家交流小說創作老本行的心得，每一段智慧的對話，也總是「三句不離本行」。

非洲的「涅麻」

一

這段日子，無數的「涅麻」（gnama）正在非洲大陸奔馳。那是說，非洲國家盃足球賽終於閉幕了，而冠軍只有一隊——執筆時決賽尚未上演，文章見報時已塵埃落定了，但可以肯定的是，無數的「涅麻」仍陰魂不散。根據科特迪瓦作家阿瑪杜·庫忽瑪（Ahmadou Kourouma, 1927-2003）的解釋，「涅麻」是非洲黑人的粗話：「根據黑非洲法語特殊地方詞彙大全，它的意思是，一個人去世後所留下來的影子，會轉變成一種邪惡的力量，緊跟著殺害無辜者的那些人」。

還是足球賽好，儘管一樣是殘酷無情，可一切都在九十分鐘內了斷，了斷不了便加時再賽甚或互射十二碼，比如科特迪瓦 12 比 11 淘汰喀麥隆；是這樣的，有「黑非洲的楷模」之稱的科特迪瓦（前稱象牙海岸），在七十年代以前，經濟持續二十年高速增長，但八十年代以還，可可和咖啡價格暴跌，從此陷於日趨嚴重經濟危機，政局也動盪不安，科特迪瓦其實也是「涅麻」。

庫忽瑪是最重要的科特迪瓦作家，可論知名度，倒要退居第二了，第一位毫無疑問就是國家足球隊的精神領袖杜奧巴（Didier Drogba）。我猜你大概會喜歡庫忽瑪的小說，尤其是《阿拉不是一定要》（*Allah is not obliged*，也譯作《真主不受恩》），那是一部奇書，講述十歲的少年比拉伊馬（Birahima）眼中的成人戰爭，童年遊戲交織於光怪陸離的非洲後殖民歷史，由是構成了無數「涅麻」互相追殺的荒誕寓言。

二

《阿拉不是一定要》真是一本奇書，庫忽瑪在此書的前言用一個孩子的聲調說：「有好幾個人的涅麻在追著我呢。」「我決定要給我這本書定名字了，這本嘰哩嘰哩呱啦呱啦的書，全名就叫做《阿拉不是一定要對祂在這個世界上的每件事都公平》。就叫這個名字好了。我要開始亂掰了。」是的，無數的「涅麻」仍陰魂不散，非洲人只有在國際體育盛事如奧運、世界盃足球賽才展現他們的天賦力量，在一般情況下，他們是沒有聲音的。

《阿拉不是一定要》以一個十歲孩童的視角，向世人展示了黑色大陸的悲慘童年，也向世人展示了黑色大陸的歷史傷痕。是這樣的，根據聯合國的調查報告，被迫投入戰爭的娃娃兵人數儘管日漸減少了，不過仍有一些動亂國家和武裝團體，持續脅迫兒童入伍，保守估計不少於二十五萬人。

是這樣的，無數的「涅麻」仍飄蕩於非洲大陸，強迫娃娃兵入伍的還有緬甸軍政府，還有剛果、查德、索馬里、蘇丹、烏干達等非洲國家，而非政府的武裝游擊隊也強徵娃娃兵，迫使他們執行自殺式襲擊。

三

《阿拉不是一定要》真是一本奇書，庫忽瑪在此書的前言用一個孩子的聲調說：「我不怎麼講理，也不太懂得甚麼是禮節」，「我」是一個十歲的孩子，自稱「好像一隻公山羊的硬鬍鬚，刺得很，說起話來就是個小混混的樣子」。

這個孩子滿口粗言穢語：「我不會像那些非洲土著黑人學著法國人怪聲怪調地說髒話：狗屎、妓女、下流！我用的是我們馬林凱人的土話，像是法弗落（faforo）！」「法弗落」像「涅麻」，也是粗話，意思就是「我爸的雞巴」，他還說「涅摩摳的」（gnamokodé），意思是「雜種」（或偷生的人）；他是馬林凱族人，非洲大陸到處都有很多他們的族人。

這個在非洲大陸流浪的孩子說：「我學校沒有讀很多書啦；我小學二年級的時候就不去上課了。我把學校翹掉是因為大家都說上學已經沒甚麼用了。人家說學校連個老阿媽的屁都不如——如果有個東西連一分錢都不值的時候，我們非洲黑人的土話就這樣說它。」孩子的母親病逝了，他跟友伴離開家園，一起去當娃娃兵，所到之處，盡是人間離亂。

這個年僅十歲的孩子告訴世人：「即使你唸到大學，你也沒有指望在這個腐敗的香蕉芭樂共和國，當個護士或小學老師甚麼的……」那是因為很多非洲國家的大人物滿口民主自由，暗地裏卻貪贓枉法、苟且因循。這孩子說：「像我們這種人其實有點像非洲黑人土著所說的：一個煎餅兩面烘。」他自稱野蠻人，不指望能像政府官員那樣，可以無恥地在一個腐敗的共和國吮吸民脂民膏。這些人都是「湼麻」，漫無目的，飄浮於非洲大陸。

疾病與文學

跟朋友一起戴著口罩在茶餐廳吃飯，在這瘟疫蔓延的時期還能談些甚麼呢，除了疾病？我們都同意，人類一直致力成為萬物之靈，要成為地球唯一的主宰，要將致病的細菌、病毒殺絕，可是細菌、病毒不會坐以待斃，它們不斷變種、不斷產生抗藥力，伺機反抗甚或報復，其結果是：病毒和病菌殺之不盡，殺了一種，還有千千萬萬的變種。

我們在六、七十年代是怎樣生活的？我們每個月想辦法交房租，沒有負資產的煩惱，因為連做夢也沒想過要買房子。那時宰了一隻雞、煲了豬肉湯，一家人便很快樂地吃一頓，怎會像今天那樣在酒樓大魚大肉，可每個人都吃得愁眉苦臉？不是說清貧樸素的日子便沒有任何問題，只是想說，長期物慾化的日子，比如說，十年或者二十年，讓我們適應了、放縱了異化的自己，再沒辦法回到較為重視人的性靈的從前了。

瘟疫蔓延的日子也許可以讓我們在自危與自保的同時，也靜下心來自省。比方說，已經很生疏的一家人，忽然被送到隔離營，與世隔離了十天，會有甚麼事情發生？會不會有甚麼長期視而不見的東西，因為別無選擇、被迫面對而被重新發現？會不會有甚麼長期疏離了的人際關係，因為共同面對的恐懼、沉悶而重新開始？

我們讀過好一些關於疾病的文學作品：

在湯瑪斯曼的《魔山》（*The Magic Mountain*）裏，主人翁患了肺結核；

在契訶夫的《第六病室》（*Ward No.6*）裏，醫院裏的醫生最後變成精神病患者；

卡繆在《瘟疫》（*La Pest*）說的，是鼠疫（黑死病）；

索忍尼津（Aleksandr Solzhenitsyn）在《癌病房》（*Cancer Ward*）說的，是癌症；

加西亞・馬爾克斯（Gabriel Garcia Marquez）在《愛在瘟疫蔓延時》（*Love in the Time of Cholera*）說的，是霍亂……

當然，還有蘇珊・桑塔格的《疾病的隱喻》（*Illness as Metaphor*）和《愛滋病及其隱喻》（*AIDS and Its Metaphors*），西西的《哀悼乳房》等等。

疾病本質是悲劇的，它將個人和社會置諸特殊的、非常的、痛苦的存活狀態，但同時也可能教人反省此一非常狀態，從中或可得出某種人格升華的、超越現實生活的力量，要是如此，「疾病書寫」未嘗沒有積極而正面的意義吧。

法國詩人艾呂雅（Paul Eluard）有一首叫〈宵禁〉（Couvre-feu）的詩說：

門口有人把守著你說怎麼辦
我們被人禁閉著你說怎麼辦

街上交通斷絕了你說怎麼辦
城市被人控制著你說怎麼辦
全城居民在挨餓你說怎麼辦
我們手裏沒武器你說怎麼辦
黑夜已經來到了你說怎麼辦

最後一句是：

我們因此相愛了你說怎麼辦

為甚麼呢？那是因為：我們也許沒想過，在瘟疫或宵禁的困境或絕境裏，人和人原來可以這樣從沒如此親近過。

薩義德・音樂・東西方

一

凌晨下班回家，才看到網上的電訊說，Edward Said has died in New York at age 67 after a battle with leukemia，leukemia 就是血癌（白血病）。

早些時譯了一輯Said的詩，這個 Said 是當今最負盛名的阿拉伯詩人，全名是 Ali Ahmad Said Asbar，筆名叫 Adonis；他原籍敘利亞，其後移民並入籍黎巴嫩，七十年代中爆發內戰時再移居巴黎。Adonis 的詩既有西方象徵主義和超現實主義的風格，也有蘇菲主義的玄奧色彩，據說是東西方詩學堪可融匯的佐證。

然後，另一個 Said 與世長辭了——這個 Said 就是在哥倫比亞大學教書的學者愛德華・薩義德。

薩義德不單是一位出色的學者、評論家，而且是一位極有魅力的鋼琴演奏家，他與阿根廷作曲家巴倫波因（Daniel Barenboim）合組的管弦樂團，名為「東西方交響樂團」（West-Eastern Divan Orchestra），成員大多來自中東地區。

薩義德不是詩人，可他雅愛音樂，與詩未必無關，West-Eastern Divan 這個樂團名稱（我一直懷疑是由薩義德命名的）正是與詩相涉的證據——West-Eastern Divan 典出德國大詩人歌德（Johann Wolfgang von Goethe）一本詩集的名稱，據馮至在《論歌德》一書所譯介，詩集譯為《西東合集》，所謂東方，就是阿拉伯的伊斯蘭世界，詩集所收作品，據說融合了伊斯蘭與歐洲的詩性文明，而寫作期間，正值拿破崙戰爭；馮至並在注釋指出，Divan 不是英文或德文，而是波斯文，解作「抒情詩集」。

薩義德的樂團成立於一九九九年，每年暑假到世界各地巡迴演出，他們曾在德國、英國、摩洛哥等地演奏舒伯特、貝多芬和莫扎特，團員俱為以色列和阿拉伯人，在以巴戰火以外用音樂重鑄人文精神，每回演出，都是一次東西方交合融匯的和諧。

二

我還沒有讀完 Out of Place，無法確定這三個淺易的英文字的含意，不過，剛好讀了《巴勒斯坦紀事報》編輯巴路特（Ramzy Baroud）的悼文，該文正好借用此書的書名為題，原文抄錄如下：

In his touching memoir, Said spoke of his long life legacy of being “Out of Place”. As a Palestinian denied the chance to live freely in his homeland, he circled the globe, from the Middle East to Europe to the United States, where he spent most of his life, so vividly and eloquently conveying the pain of his people in a way no other intellectual had.

據此，Out of Place 大概不是指「不在其位」，應含「失所」之意，吾友許迪鏘建議譯作《爰失其所》，倘不計較「爰」字較僻，則庶幾近矣。

三

甚麼是「晚期風格」？這樣說吧，《小團圓》正好是張愛玲的「晚期風格」。較早時，黃念欣的評論集《晚期風格——香港女作家三論》贏得文學雙年獎推薦獎。薩義德的《論晚期風格：反本質的音樂與文學》（*On late Style: Music and literature Against the Grain*）也出了簡體中譯本。

薩義德一直是阿多諾（Theodor W. Adorno）最忠實的追隨者，此書受阿多諾論貝多芬時提到的「晚期風格」所啟發，考察了大量音樂、戲劇、電影、小說和詩，深入分析藝術家的「晚期作品」，從中探討他們面對不如人生最後階段時，如何「由於時代的錯誤和反常」而死亡的思考滲入作品中，那是一種「非塵世的寧靜」，「使在美學上努力的一生達到了圓」，薩義德的論述焦點集中於「不妥協、艱難和無法解決之矛盾」的「藝術晚期」。有論者認為，此書副題所說的 Against the Grain 譯作「反本質」並不準備，譯為「反本性」或「對抗本性」會較妥貼。

四

薩義德是個著名樂迷，也是鋼琴演奏家，他與巴倫波因合組「東西方交響樂團」，成員包括以色列、巴勒斯坦、黎巴嫩、埃及、敘利亞、約旦、西班牙的音樂家，他更是傑出的樂評家，他的樂評結集《音樂的極境》（*Music at The Limits*）的繁體中文譯本出版了一個多月，回響不絕，總算找到知音的讀者了。此書附有音樂 CD，讀好書，聽精選音樂，真是相得益彰。

此書以獨特的欣賞力品題為人冷落的當代作曲家作品，同時也批評紐約大都會歌劇院過於保守，嘆惜巴伐洛堤（Luciano Pavarotti）「將歌劇演出的智慧貶到最低，把要價過高的噪音推到最大」。他思考音樂節愈來愈政治化，闡釋音樂與女性主義的關係，不諱言對鋼琴家顧爾德（Glenn Gould）情有獨鍾。此書情文並茂，處處發人深省，值得傾情推薦。

二〇一〇年是「蕭邦年」，或可理解為廣義的「音樂年」，推薦《音樂的極境》之餘，還有「延伸閱讀」，包括薩義德的《音樂的闡釋》（*Musical Elaborations*）、阿多諾的《貝多芬：阿多諾的音樂哲學》（*Beethoven: Philosophie der Musik*），兩書俱在台灣出了中譯本。

上帝，你還在嗎？

搬家就是將書本裝箱，然後拆箱，一箱一箱的拆開，將書本重新安置。拆箱的時候找到一本失蹤了很久的書——柯普蘭（Douglas Coupland）的《再無上帝的人生》（*Life After god*）。這書就像作者的另一本書《X世代》（*Generation X*）那樣聰明。那不要緊，一本失而復得的書還可以讀下去，就是書緣。

柯普蘭不到三十歲已經名滿天下了，恍似入世不深，卻深諳入世之道。說來《再無上帝的人生》倒是少數有借有還的書，當年才翻了翻，便給人借去了，幾個月後，才輾轉回到我的案頭——借書的人願意還書，大概有不得不還的理由吧。是甚麼理由呢？不好說了。

這書可以讀得很快——才一個早上就讀了三、四十頁；有時卻讀得慢些——反覆思量內裏聰明而機智的的空洞，那不是空無一物，倒像一個空空如也的洞穴，教讀者在漫長的空洞旅程中停下來，細味似有似無的意義——「超人」尼采早就宣稱「上帝已死」，「X人」柯蘭可以宣稱：我們是沒有了上帝之後的第一代？

沒有上帝，沒有神，沒有思想行為的規範，該如何安置自己的孤獨？該如何跟焦慮的人生談判？該如何面對人際關係的崩解？該如何進入自己平靜而安全的深層世界？

對不起，柯普蘭只問不答。

那不要緊，一本失而復得的書還可以讀下去，就是書緣。沒有上帝，沒有神，沒有信仰；只有「物」：商場、電腦、安迪華荷（Andy Warhol）的擬真物象、電腦、影印機、電話、高速公路、噴射機……以及沒有絲毫罪惡感、內疚的白日夢、噩夢，以及綺夢。那該怎麼辦？

即使你沒有讀過《再無上帝的人生》，大概也可以想像這本書究何所指了。從柯普蘭所描述的那個「後上帝時代」，也許會聯想到另一個「後上帝時代」——恐怖主義總是假上帝之名去製造人間夢魘。

在一段接一段的空洞旅程之後，是終站嗎？不知道，只是柯普蘭終於透露了他心中的「秘密」：他需要上帝，他需要一個神；他需要神教導他如何施予；因為他早已不懂得施予；他需要神教導他如何慈悲，因為他早已不懂得慈悲；他需要神教導他如何去愛，因為他早已不懂得去愛。

在沒有神、沒有上帝的年代，柯普蘭假神之名以揭示某種人性和良知的失落；恐怖分子則假宗教之名以合理化血腥。上帝已死？上帝還沒有死透？還是世人捨不得上帝，總是企圖「借屍還魂」？在空洞旅程的終站，在死者和活者心中，都有此疑問：「上帝，你還在嗎？」

很多年後，柯普蘭才找到答案——他將 Google 比作一個全知的上帝。

時間：花與果的生命樹

不是不知道時間就是時間，正如不是不知道生活就是生活。記得童年看母親蒸糕，她在火爐旁點了一炷香，問她蒸糕為甚麼要燒香呢？母親說：燒完了兩炷香，糕就蒸好了。也記得童年時聽見船塢在早上、中午、傍晚響著長笛，就知道是上午八時、中午十二時或是下午六時了。

燒香或者鳴笛，大概是童年時代對時間的啟蒙認知，其後學懂了看鐘，學懂了計算時、分、秒、日、月、年，時間的另一個階段才剛剛開始。時鐘上刻著的有時是阿拉伯數目字、有時是羅馬數目字，有時卻沒有數目字，只有四格大等分、十二個中等分和六十個小等分……有些隔十五分鐘、半個小時或一個小時響鬧一次，用聲音來間隔時間的等分。

其後也見過好一些特別的時鐘，比如鑲在鐘樓上面的大鐘，用鮮花和綠草鋪設在地面上的花鐘，在噴水池裏用水栓排成電子跳字的噴水鐘……看鐘的時候，除了看見具體的時間顯還看見了時間的裝飾。

看花也是成長的過程吧，就像甘明斯（e. e. cummings）的一首詩，叫做〈在水仙花的時間裏〉（in time of daffodils），詩中有這樣的詠嘆：

在水仙花的時間裏（它們知道
活著的目標是成長）
忘乎所以　記取如何
在丁香花的時間裏它們頌讚
醒著的目標是做夢
記取如此（忘掉似乎）
在薔薇的時間裏（它們以極樂
驚嘆我們的此時此處
忘掉如果，銘記如是

原來只是水仙花，丁香花和薔薇的時間，因為我們活著，而且還有美好而愉悅的一大把日子好活，此所以我們不斷看時間、聽時間、嗅時間、吃時間、撫摸時間；可是對一個倒數著餘生的人來說，大概就像羅伯特·勃朗寧（Robert Browning）的一首詩所揭示的那樣——〈時間的報復〉（Time's Revenge），此所以有人不斷反芻在時間裏變種的「惡之華」，猶如莎士比亞（William Shakespeare）的十四行詩第四十九首所言：Against that time, if ever that time come。

人學懂了認字，然後學懂了讀詩，才知道時間並不光光是數字或圖表，也可以是「春花秋月何時了」，「巴山夜雨漲秋池」，「離離原上草，一歲一榮枯」。可時間始終還是時間。一炷香燒完了，可以吃到熱騰騰的糕餅，長笛一次又一次響過了，工人完成一天的作息，這就是生活——生活的水仙花、丁香花或薔薇。

在美國詩人羅羅伯特．哈斯（Robert Hass）看來，時間永遠跟物質相涉，所以他的一本詩集就乾脆叫做《時間與物質》（*Time and Materials*），那可不是詩的哲學或物理學，而是只能存活於詩的奇蹟的見證，詩集裏有一首詩叫〈奧利馬的蘋果樹〉（The Apple Trees at Olema）：

他倆漫步於沿岸的叢林
與繁茂的草坪，累了，偶遇
兩棵蒼老得早就遺忘的蘋果樹。
苔蘚積厚了枝椏，樹身看似腐爛，
但兩棵樹卻繁花滿盛開，而綠色火燄
閃爍於瀕死的枝幹上的小小新葉……

就是一棵生命樹，那是生命的時光交疊於死亡的時光，讓兩個人偶遇其間，漫步其間，或許都記取了值得記取的奇蹟細節，繼續散步：

一個男童在旅館的走廊遊蕩。
一道門背後，一個女傭。另一道門背後，一個男子
穿條紋睡衣，在刮鬍子。他記取
他的房號，在他的心的中央
既嚴肅又細致，彷彿那就是鑰匙，
然後他便隨意閒逛於一些陌生人中間。

一棵生命樹交疊於另一棵，如此這般，時間的蘋果樹的奇蹟，與乎時間之旅最尋常的一刻，便交融成時間的蒙太奇。

釀文學107　PG0630

貓眼與牛眼

作　　者	葉　輝
主　　編	楊宗翰
責任編輯	孫偉迪
圖文排版	姚宜婷
封面設計	陳佩蓉

出版策劃	釀出版
製作發行	秀威資訊科技股份有限公司
	114 台北市內湖區瑞光路76巷65號1樓
	電話：+886-2-2796-3638　傳真：+886-2-2796-1377
	服務信箱：service@showwe.com.tw
	http://www.showwe.com.tw
郵政劃撥	19563868　戶名：秀威資訊科技股份有限公司
展售門市	國家書店【松江門市】
	104 台北市中山區松江路209號1樓
	電話：+886-2-2518-0207　傳真：+886-2-2518-0778
網路訂購	秀威網路書店：http://www.bodbooks.com.tw
	國家網路書店：http://www.govbooks.com.tw
法律顧問	毛國樑　律師
總 經 銷	聯合發行股份有限公司
	231新北市新店區寶橋路235巷6弄6號4F
	電話：+886-2-2917-8022　傳真：+886-2-2915-6275

出版日期	2012年9月　BOD一版
定　　價	330元

國家圖書館出版品預行編目

貓眼與牛眼 / 葉輝著. -- 一版. -- 臺北市：釀
出版, 2012.09
面； 公分. --（語言文學類；PG0630）
BOD版
ISBN 978-986-6095-87-0（平裝）

1.文學評論 2. 文集

812.07 101000375

讀者回函卡

感謝您購買本書，為提升服務品質，請填妥以下資料，將讀者回函卡直接寄回或傳真本公司，收到您的寶貴意見後，我們會收藏記錄及檢討，謝謝！如您需要了解本公司最新出版書目、購書優惠或企劃活動，歡迎您上網查詢或下載相關資料：http:// www.showwe.com.tw

您購買的書名：________________________________

出生日期：________年________月________日

學歷：□高中（含）以下　□大專　□研究所（含）以上

職業：□製造業　□金融業　□資訊業　□軍警　□傳播業　□自由業

□服務業　□公務員　□教職　□學生　□家管　□其它____

購書地點：□網路書店　□實體書店　□書展　□郵購　□贈閱　□其他

您從何得知本書的消息？

□網路書店　□實體書店　□網路搜尋　□電子報　□書訊　□雜誌

□傳播媒體　□親友推薦　□網站推薦　□部落格　□其他________

您對本書的評價：（請填代號　1.非常滿意　2.滿意　3.尚可　4.再改進）

封面設計____　版面編排____　內容____　文／譯筆____　價格____

讀完書後您覺得：

□很有收穫　□有收穫　□收穫不多　□沒收穫

對我們的建議：________________________________

____

____

____

請貼
郵票

11466
台北市內湖區瑞光路 76 巷 65 號 1 樓
秀威資訊科技股份有限公司　　收
BOD 數位出版事業部

………………………………………………………………………………

（請沿線對折寄回，謝謝！）

姓　　名：________________　年齡：________　性別：□女　□男

郵遞區號：□□□□□

地　　址：____

聯絡電話：(日)____________________ (夜)____________________

E-mail：____